Caiu do céu

Caiu do céu

Heidi W. Durrow

TRADUÇÃO
Mirian Ibañez

LeYa

Publicado nos Estados Unidos com o título: *The girl who fell from the sky*

Publicado em acordo com Algonquin Books of Chapel Hill, a division of Workman Publishing Company, Inc., Nova York.

Diretor editorial: Pascoal Soto
Editora: Mariana Rolier
Produtora editorial: Sonnini Ruiz

Preparação de texto: Juliana Campoi
Revisão: Suria Scapin e Ana Tavares
Projeto gráfico: Jordana Chaves
Diagramação: Página Escrita
Capa: Rafael Nobre

DADOS INTERNACIONAIS DE CATALOGAÇÃO NA PUBLICAÇÃO (CIP)
(Câmara Brasileira do Livro , SP, Brasil)

Durrow, Heide W
Caiu do céu / Heidi W. Durrow; tradução: Mirian Ibañez. – São Paulo: Leya, 2012

Título original: The girl who fell from the sky
ISBN: 978-85-8044-271-7

---

1. Ficção - Literatura norte-americana I. Título

11-14611 CDD–813

Índices para catálogo sistemático:
1. Ficção: Literatura norte-americana 813

TEXTO EDITORES LTDA.
Uma editora do Grupo LeYa
Rua Desembargador Paulo Passaláqua, 86
01248-010 – Pacaembu – São Paulo – SP
www.leya.com

Dedicado a minha mãe, Birgit,
com todo meu amor.

"Se um homem me chama de negrinha, na primeira vez, é culpa dele, mas será minha se ele tiver a oportunidade de fazê-lo novamente."

NELLA LARSEN,* *PASSING*

* Nella Larsen (1891-1964) é uma escritora afro-americana. Seus primeiros livros foram *Quicksand* (1928), *Passing* (1929) e *Sanctuary* (1930). (N. da T.)

Parte 1

Rachel

– Você é meu amuleto da sorte – diz a Vovó.

Vovó andou comigo meio quarteirão, entre a recepção do hospital e o ponto de ônibus. Sua mão fechada ao redor da minha, como uma coleira.

É outono de 1982, em Portland, e está chovendo. As poças d'água tinham encharcado meus novos sapatos. Meu sentimento de menina de vestido novo se desfez. Meu sentimento de nova menina desapareceu.

Minha mão permanece entrelaçada na de Vovó até ela procurar o trocado na carteira de verniz preto.

– Olhe só, não é que são os mais lindos olhos azuis da mais bela menininha –, diz o motorista do ônibus, enquanto subimos a bordo. O sentimento de nova menina retorna e eu sorrio.

– Esta é minha neta. Veio viver comigo. – Vovó não pode deixar o Texas.

– Obrigada, senhora –, eu disse. Eu me importo com minhas maneiras na frente de estranhos. Vovó ainda é uma estranha para mim.

Sei apenas algumas coisas sobre ela. É uma jardineira. Tem mãos suaves e cheira a lavanda.

No Natal, Vovó sempre mandava, para mim e Robbie, um cartão com uma nota novinha de dez dólares embrulhada em papel-alumínio. Na parte de trás do envelope, no lugar onde ela apertava com muita força, sempre havia uma manchinha. O cartão tinha o cheiro da loção de lavanda que ela usa para manter as mãos suaves.

Vovó não tem, em lugar algum, uma única ruga. Tem a pele escura cor de berinjela, tão lisa como seda, tudo por causa da loção que ela encomenda especialmente do Sul. Ela diz que eles têm raízes melhores lá, que é uma terra bem boa para tornar uma raiz forte. Seu corpo é uma bala: ela é robusta e pequena. Seu cabelo escuro está preso e coberto por uma touca de plástico.

– E não é que você tem sorte de ter uma vovó tão especial? – o motorista do ônibus diz. – Bonita *e* sortuda.

Essa imagem é a que eu quero lembrar: Vovó parecendo estar orgulhosa. Como um apito prestes a soar.

Vovó guarda o troco da minha passagem. Ela seca a chuva de meu rosto.

– Estamos quase em casa.

Quando encontramos nossos lugares, ela diz alguma outra coisa, mas não consigo ouvir. Coloca o cinto de segurança em mim e fala sobre meu ouvido defeituoso – a única lesão que ficou do acidente. Suas mãos me ajeitam, passeiam ao redor de meus ombros, em minha mão, ajeitando meus cabelos para que fiquem lisos e arrumados de novo. Vovó parece estar me prendendo ao banco, como se eu pudesse voar ou cair.

A viagem de ônibus tem sete paradas e três faróis. Então, chegamos em casa.

A casa da Vovó, a casa da menina nova de vestido novo.

Vovó foi a primeira mulher negra a comprar uma casa nesta área de Portland. Isso é o que Vovó diz. Quando ela se mudou, a loja alemã de lacticínios fechou e a igreja luterana virou afro-metodista. Amém. É o que a Vovó conta. Hoje em dia, toda a vizinhança é negra. E muitos vieram do Sul mais ou menos na mesma época que a Vovó.

Esta é a mesma casa onde Papai e tia Loretta cresceram. Sobre a lareira da sala de jantar, há fotografias em que estamos eu e Papai. Eu e Vovó. Eu e Robbie. Somente eu, mas nenhuma em que aparecesse Mor, que quer dizer mamãe em dinamarquês.

– Ali, vê aquele sorriso? Foi quando visitei você no Natal. Lembra? Jogando bingo. Oh! E eu tenho um pequeno presente para você.

Ela volta trazendo uma grande caixa embrulhada. Eu a abro. Faço os primeiros acordos comigo mesma: não vou ficar triste, vou ficar bem. Essas promessas tornaram-se minhas camadas. O meio era onde ninguém iria tocar.

– Obrigada – disse retirando lá de dentro dois bonecos negros, uma Raggedy* Ann e um Raggedy Andy.

– Tia Loretta lhe deu o quarto dela. Todo decorado em rosa. Você sabia que essa é a cor favorita dela?

Eu balanço a cabeça.

---

* A linha Raggedy tem diversos bonecos, sempre de pano, com diferentes cores, representando diversas raças, e vestimentas. (N. da T.)

– E olhe para o seu cabelo. Todo esse lindo cabelo comprido parecendo todo bagunçado, visto assim de fora.

– Vamos lavá-lo esta noite –, ela continua. – Sua tia Loretta vai ajudar você. Aposto que ela sabe como fazer algo melhor com essa bagunça que você fez. Você vai para a escola segunda-feira de manhã e será a menina mais bonita lá.

Ela não disse "melhor do que sua mamãe". Ela não diz nada sobre minha mãe, porque ambas sabemos que a nova menina não tem mãe. A nova menina não pode ser nova e continuar lembrando. Eu não sou a nova menina. Mas vou fingir que sou.

As DUAS BONECAS de pano que ganhei descansam nos pés da cama. Vovó e tia Loretta querem observar a pobre criança. E essa sou eu.

Fecho meus olhos e finjo que durmo. Finjo que durmo todo o tempo.

– Pobre criança, tão cansada. – Vovó toca meu cabelo.

É um tipo de cabelo que fica pixaim. Vovó tentou penteá-lo, antes da hora de dormir. Eu segurei as mechas, mesmo assim doeu. Ela disse que eu tinha cabelos difíceis de cuidar. O pente ficou preso na parte de trás. Vovó disse que essa parte mais emaranhada é o que se chama de "minha cozinha".

– Ela tem cabelo bom. Deixe pra lá. – Tia Loretta retirou o pente, desembaraçando mecha por mecha. – É o mesmo lugar onde está a minha cozinha – disse tia Loretta. – Onde meu cabelo também fica pixaim.

– Garotas negras com muito cabelo não precisam ser penteadas com tanto cuidado – Vovó disse.

Minhas camadas do meio vieram abaixo. E eu chorei. Chorei e chorei.

Agora, a cozinha do meu cabelo pixaim está no travesseiro. Toda selvagem, como Vovó diz. E eu parei de chorar. Não quero ser um problema, nem chorona ou muito fraca ou sensível.

– Vou lavá-lo amanhã, Mamãe – diz tia Loretta. Sua voz é como mel.

Quero ser tão linda como tia Loretta. Ela sorri o tempo todo, mesmo quando olha a fotografia de tio Nathan. Seus dentes são brancos como papel e bem alinhados. Ela mostra os dentes quando sorri. Eu escondo os dentes quando sorrio. Talvez eu tenha começado a fazer isso quando Papai me chamou de foquinha.

Tia Loretta é mulata e sabe que é bonita. Era princesa do Festival das Rosas e foi conhecer o presidente John F. Kennedy. Sua pele é ainda mais bela que a de Vovó e ela não usa aquela loção encomendada.

Vovó e tia Loretta deixam a porta aberta o suficiente para que entre luz. Mas fico enrolando na cama e abro os olhos. Não finjo mais que estou dormindo. Agora vou ficar realmente acordada. Para ter certeza de que os sonhos não virão. Ficar acordada – e longe do sonho.

Amanhã é meu primeiro dia na nova escola. Eu tenho um novo caderno de anotações, novos lápis e um estojo com zíper. Vou ficar pensando sobre a escola e praticar a melhor caligrafia, e aprender todas as grandes palavras que puder. Vou me concentrar. Ser uma boa menina.

Em meu diário, escrevo: "Este é o dia 2", segundo dia onde a Vovó mora. Gostaria de voltar para casa. A casa antes do verão em Chicago. De volta à casa-base, na Alemanha, quando havia eu, Robbie, Mor e Papai. E tudo estava bem. Mesmo que não houvesse uma Ariel, ainda estaria bem.

Tia Loretta prepara panquecas especialmente para mim, mesmo que não tenha muita habilidade na cozinha. Duas panquecas e sem calda suficiente, é o que ela me dá. A calda faz uma pincelada no meio da panqueca, que desaparece tão rápido quanto esta fica seca. Eu como exatamente o que ela me dá.

Tia Loretta come apenas uma panqueca. E a Vovó nenhuma, porque seus dentes não estão bons. Há algo perigoso a respeito das panquecas, porque Vovó fica olhando a gente comer.

– Como você vai pegar um lagarto com esse traseiro caído? – Vovó provoca tia Loretta.

Eu sou esperta e sei que quando ela fala "lagarto" quer dizer marido. Isso se chama aprender o significado pelo contexto. Porque Vovó diz isso e, ao mesmo tempo, toca o rosto de tia Loretta. Significa que ela está se referindo a ser bonita e ter valor e fazer que isso seja levado em conta.

Tia Loretta ri. Eu também. Elas estão felizes que eu esteja rindo. É a primeira vez como nova menina.

– Não preciso de um lagarto, mamãe.

Quando tia Loretta diz "mamãe", eu penso em "Mor" e em como não poderei dizer isso nunca mais. Estou presa no tempo, entre o antes e o depois. Últimas e primeiras coisas. As últimas me fazem ficar triste, como a última vez que chamei por Mor e utilizei palavras dinamarquesas. Eu sinto minha camada do meio se encher de sons que ninguém mais entende. Depois eles chegam a minha garganta. E se esses sons ficassem bloqueados, presos em mim?

Eu rio mais forte, mas a verdadeira risada parece também ter ficado presa dentro de mim.

A ESCOLA NÃO É coisa para principiantes. Eu sento na frente, como sempre. Fico em silêncio, como é de se esperar. Levanto minha mão antes de falar e escrevo meu nome no canto direito do papel. E a data. Porque isso é o que os bons alunos fazem.

A senhora Anderson é supervisora e dá aulas de artes e letras. Ela é uma mulher negra. Penso sobre isso e não sei por quê. É algo que eu deveria saber, mas não pensar a respeito. A senhora Anderson é minha primeira professora negra.

Isso me faz buscar na memória: a senhora Marshall, do primeiro ano, a favorita; a senhora Price, do segundo ano, não tão simpática; a senhora Mamiya, do terceiro ano, linda; a senhora Breedlove, do quarto ano, inteligente; o senhor Engels, do quinto ano, careca e de voz profunda. Lembro que todos eram brancos.

Há quinze negros na classe e sete brancos. E eu. Há outra menina que senta lá atrás. Seu nome é Carmen LaGuardia, ela tem cabelos como os meus e a mesma cor de pele, e é considerada negra. Eu não entendo o motivo, mas ela parece saber.

Agora, vejo as pessoas de duas maneiras diferentes: pessoas que se parecem comigo e pessoas que não se parecem comigo.

– Rachel Morse?

– Presente.

– De onde você é?

Eu respondo:

– Avenida Northeast Cleveland, 4725, Portland, Oregon, 97217. – Ouço risadas atrás de mim.

O DIA 2 TORNOU-SE o dia 3. E o dia seguinte, e o outro. Eu conto cada dia em meu diário. Cada um tem uma nova página.

Vovó acha que estou me adaptando bem. Ela diz:

– Acho que cê tá se ajustano muito bem.

Eu quero que ela coloque os 'esses' e as terminações nas palavras, que não diga "tô pensano", quando está prestes a dizer alguma coisa. As crianças na escola falam assim e eu sei que não são tão inteligentes como eu.

Tem uma menina que quer me bater. Ela diz: "Você se acha tão bonita". Seu nome é Tamika Washington. "Eu vô chutá o seu trasêro."

Às vezes, ela puxa meu cabelo. Na aula de educação física, ela agarrou minhas duas tranças. Eu gritei bem alto, mesmo sem querer, e a senhora Karr ouviu. Ela chamou a atenção de Tamika e tocou seu apito realmente forte. Tamika disse:

– Senhora K, eu só tô brincano com ela. Caramba.

Assim que a senhora Karr se afastou de novo, Tamika falou:

– Eu vô chutá seu trasêro depois da aula. Você se acha tão bonita com esse cabelo.

Eu tenho a pele clara. É o que as outras crianças dizem. E falo como branco. Penso coisas novas quando eles dizem isso. Há uma série de coisas importantes que eu não sabia. Acho que Mor também não sabia. Eles me disseram que é ruim ter joelhos pálidos. Dizem que devo evitar chuva, para assim meu cabelo não voltar a ser emaranhado. Dizem que as pessoas brancas não usam panos de limpeza, e percebo, agora, que na casa da Vovó eu uso. Eles têm uma linguagem que eu não conheço, mas compreendo. Aprendo que pessoas negras não têm olhos azuis. Aprendo que sou negra. E tenho olhos azuis. Atribuo todos esses fatos novos à nova menina.

Estou ficando cada vez melhor nessa coisa de encobrir as camadas do meio. Quando Anthony Miller fica chutando a parte de trás da minha carteira na classe, concentro-me no *tum tum tum* até que ele pare. Posso prestar atenção no *tum tum tum* e não dizer nada. Eu ouço o sorriso no rosto dele enquanto chuta minha carteira. Será que ele está contando o número de vezes que pode bater antes que eu reclame? Não me queixo. Nem quando Antoine fica gozando de mim, com voz de criança, quando respondo corretamente às perguntas. Não tenho mais que chorar nem de ser tão sensível. Quando algo parece que vai doer, coloco nessa garrafa imaginária dentro de mim. É de vidro azul com uma rolha. Meu estômago fica apertado e meus olhos começam a esquentar. Eu ponho tudo isso dentro da garrafa.

Tia Loretta penteia meu cabelo toda manhã e apenas algumas vezes faz panquecas. Ela comprou uma escova especial para mim, rosa com cerdas brancas. Ela segura as mechas em suas mãos, do mesmo jeito que Mor fazia. As mãos de tia Loretta se perdem em meu cabelo. Ela tem punhos estreitos, tão finos que posso envolvê-los com meus dedos. E tem perfeitas unhas vermelhas. Usa a unha de seu indicador direito para fazer a divisão do meio. Não arranha. Ela reparte meu cabelo, da fronte até a nuca, para fazer a linha. Eu sinto a risca que ela faz em meu couro cabeludo. Vovó usa o cabo afiado de um pente e eu sinto como se estivesse me cortando ao meio.

Hoje é dia de fotografia na escola. Tia Loretta quer me fazer um penteado especial. Sento-me entre suas pernas, no chão do quarto dela, ainda com meu pijama favorito. Tia Loretta cheira a pasta de dente e a sabonete branco recém-usado. Dobro minhas pernas contra o peito e coloco os braços ao redor dos joelhos. Sinto-me como um boxeador no ringue, pronto para lutar. Não delicada, apenas tomando cuidado.

– Por que as outras crianças falam de meus olhos?

– Por quê? – Tia Loretta diz, como se eu já soubesse. – Porque eles são de um azul muito bonito.

Dou uma risadinha boba quando tia Loretta fala isso. Uma risadinha assim pode significar "obrigada" ou "por favor, pare de me olhar". Desta vez, quer dizer a primeira, porque é dia de fotos na escola e é importante estar bonita.

– Sim, eles são como os da Mor – digo isso e sinto uma coisa parecida com felicidade. Eu tinha dito "Mor" em voz alta e coloquei para fora alguns dos sons internos. Disse "Mor" e o vidro interior não tremeu. Tentei os sons novamente. – Quando Mor era pequena, tinha também duas tranças nos cabelos. *Hestehaler*. Isso quer dizer rabos de cavalo. Eu vi uma fotografia – naquela foto, Mor devia ter uns nove, dez ou talvez onze anos, como eu. Ela estava sentada em uma mesa que se abria como uma caixa.

– Muito bem, hoje nós vamos fazer algo um pouco diferente – tia Loretta fala. – Tudo bem?

Eu balanço a cabeça e sei que não importa se eu não concordar. Sou uma boneca.

– Lembro quando era uma pequena menina – tia Loretta conta. –Tinha de sentar ao lado do aquecedor, para alisar os cabelos. Se não sentisse cheiro de cabelo queimado, sabia que não ia ficar bom.

Eu já ouvira essa história antes. Acho-a desagradável, mas não sei por quê.

Tia Loretta coloca as unhas em meus cabelos e faz uma parte e, depois, outra. Ela está usando aquele grande aparelho de ferro quente curvado que usa em seus próprios cabelos, embora os meus já sejam enrolados. Sinto cheiro de cabelo queimado.

Quando ela termina, vejo uma menina no espelho, e não sou eu. Há muitas partes em meu cabelo. Nada ficou liso. Há cachos duros que não se enrolam em meus dedos.

– Você parece sua avó, cuspida e escarrada.

Não quero ser cuspida.

Sou letra M e fico mais ou menos no meio, para as fotos de classe. Quando sento, meus pés não alcançam o chão. Meu meio está todo revirado. Eu faço meu melhor sorriso escondendo os dentes, mas os cantos de minha boca mal se mexem.

– Uma menininha negra tão bonita – o fotógrafo diz. – Por que você não sorri?

A casa da vovó fica a dois quarteirões de distância da fábrica Wonder Bread – fundada em 1925 e que seu principal produto é o pão de forma branco –, o que significa que minha casa também fica longe dela dois quarteirões. Ela diz que o que é dela é meu. Simples matemática. O senhor Kimble, meu professor de matemática, diz que isso é chamado de propriedade transitiva.

Só o que não gosto em relação à Vovó: uma pomada oleosa que ela usa e que lambuza meu rosto quando me beija, um sofá de veludo verde com intensas espirais marrons, onde ninguém pode se sentar a menos que chegue uma visita especial, uma caixa de música de porcelana decorada com pessoas que parecem reis e rainhas e um serviçal de um braço quebrado, uma cômoda cheia de tecidos os quais ela está guardando para o dia em que eu aprender a costurar. Dela são a loção encomendada, a cadeira de balanço da varanda, e as fotos sobre a lareira, e o pó que parece amido de milho que ela coloca na minha gaveta de roupas íntimas. Ela tem muito mais coisas, mas essas são as principais. Vovó é uma colecionadora. Vejo suas coleções como lixo e sucata. Como outros voluntários que fazem triagem para o Exército da Salvação, Vovó reserva as coisas boas para si mesma. A coisa boa é uma colher de prata ou uma xícara de porcelana com ou sem o prato combinando, ou uma bolsa a tiracolo faltando umas quatro contas e com a alça danificada. Vovó tem caixas de xícaras e pires de café descombinados e metros de veludo, algodão, seda e renda, entulhados em dúzias de gavetas e caixas no porão. Todas essas coisas valem algo, mas talvez só Vovó enxergue tal valor.

As coisas da Vovó são minhas, mas eu não estou autorizada a mexer nelas. Só algumas vezes. E como você pode ter algo em que não pode tocar?

ÀS SEGUNDAS-FEIRAS nós vamos até a loja de fábrica da Wonder Bread e compramos pão velho, mesmo que não faça nenhum sentido que esse pão esteja mesmo velho porque vem praticamente da porta ao lado. Mas talvez seja uma dessas coisas que funcionam de forma diferente aqui, na vida civil. É assim que o Papai chamaria isso. Ele é um sargento técnico na Força Aérea dos Estados Unidos. Faz mapas.

A vida civil é diferente da vida militar. Nesta, compram-se mantimentos no armazém do acampamento militar. Os civis compram mantimentos "na loja", mesmo que pensem que poderia ser o famoso supermercado de Portland da rede Fred Meyer ou algum outro fino. Igualmente na vida militar, muda-se muito de residência. Antes de vivermos na Alemanha, nós moramos na Turquia. Papai nunca quis se fixar nos Estados Unidos. Eu não sei por quê. A boa parte sobre se mudar é que se faz amigos novos. A parte ruim é que você não vê os antigos. Os civis vivem na mesma casa ou apartamento e conhecem as mesmas pessoas por toda a sua vida.

– Por que você ia querer viver no mesmo lugar durante toda a sua vida? – perguntei para minha nova amiga Tracy. Ela é branca. E olha para mim como se eu fosse louca.

– Você tem de viver onde seus pais vivem. É assim que funciona – ela diz, e eu não quero mais que ela seja minha amiga.

– Eu moro com minha avó e minha tia Loretta.

– Então, isso é diferente.

– Eu vivi no mundo inteiro.

– Não, não viveu.

Eu abro a garrafa azul. A loucura também vai para lá.

Você pode comprar pão na loja de fábrica da Wonder Bread por um bom preço. A Vovó gosta de pechinchas. Na terça-feira à tarde, sempre existe um desconto extra e, às vezes, alguns bolinhos meio amassados perto do caixa. Eles não têm os pães dinamarqueses *franskbrod*, *rugbrod*, ou *wienerbrod*, ou docinhos com marzipã. Eles não têm o tipo de pão que Mor fazia. Espero pela Vovó perto do caixa. É terça-feira, mas os amassados sumiram.

– Essa é a filha de Roger?

– Ahan – Vovó diz para uma mulher alta que usa um lenço africano na cabeça.

– Não dá pra duvidá que você é da mesma família. Roger tinha alguns genes fortes para fazer esses filhos. Exceto por esses olhos.

A nova menina abre um sorriso sem mostrar os dentes, quando a mulher com o lenço africano segura sua cabeça pelas mãos. A nova menina parece, ali, estar entre feliz e engasgada. Ela é o troféu na cômoda de tia Loretta. Sorrindo. Congelada. Ela ainda está. Ela sou eu.

Vovó segura meu rosto e limpa farelos imaginários de bolinho de minha boca. Eu sei que são imaginários. Vovó está apenas dando um brilho em mim.

– Você sabe que o avô de Roger tinha olhos azuis. Mais ou menos como esses. – Vovó vira minha cabeça para ela, quando diz isso. Estou apavorada por causa dos sons que podem escapar. – Eles dizem que é a única maneira de isso acontecer. Como eles chamam a coisa?

– Recessivo – eu intervenho não imaginando quais outros sons podem surgir.

– Ela é uma menina inteligente. Isso é bom. Mas não seja tão esperta, jovenzinha. Os homens não se interessam por isso.

Vovó dá risada.

A mulher do lenço africano ri e diz:

– Nós somos um povo bem misturado.

– Ahan.

– Faz você imaginar agora como aquele garoto seria – diz a mulher de lenço africano.

E Vovó diz:

– Nenhum daqueles meninos. Ou aquela menininha.

Jamie

Jamie pensou que Robbie fosse um pássaro voando bem embaixo de sua janela. Ele esteve esperando por esse pássaro e desceu a escada correndo, sem chamar sua mãe nem gritar "Tô indo lá fora", que era o que sua mãe lhe disse para falar se ela não o ouvisse, porque o volume da televisão estava alto demais no quarto dela.

Jamie sabia que sua mãe não estava vendo televisão. Ela estava lá com um novo amigo. Sabia que a televisão era uma coisa que fazia sons para não deixar passar outros sons. Ele estava de acordo com isso. O pássaro por quem esperara havia chegado. Com certeza, não tinha mesmo que ser esse, mas era. Havia muitos pássaros que não pertenciam ao céu de Chicago.

Existiam duas janelas em seu apartamento. Uma dava para o beco, outra para o pátio. Jamie não olhava pela janela do beco. As coisas que ele veria voar por ali nunca seriam pássaros, mas sacos de lixo lançados da janela dos andares acima. Eles às vezes paravam nos aparelhos de ar-condicionado abaixo. Wump. Às vezes ficavam presos ali, fedendo muito, nos meses de verão.

Jamie, que na verdade era James, recebeu o nome de seu pai, mas não seguido de Junior, porque ele era, na verdade, o terceiro. Jamie queria um nome forte, como Steve ou Brick. Ele tinha sido Jamie desde que nascera, mesmo que não houvesse jeito de confundi-lo com seu pai, James, um homem que ele conhecera apenas em sonhos. Jamie queria um nome com uma história diferente.

Jamie, que de fato era James desceu a escada correndo para encontrar o pássaro, identificá-lo, e vê-lo. Ele lembraria o que viu; escreveria isso; recordaria a data em sua lista, o nome do outro pássaro.

Em suas mãos, Jamie segurava um livro. Era o único presente que ele teria pedido, mas o livro não era um presente. Seu aniversário, dia 23 de julho, chegou e foi embora sem nenhuma celebração, nem bolo ou presente.

Ele pegara o livro da biblioteca. Quando o detector de metais soou, Jamie colocou sobre a mesa o canivete que tinha encontrado nas calças espalhadas pelo banheiro, as calças do novo amigo de sua mãe.

– Jovenzinho – a agente de segurança gorducha da livraria disse –, você sabe que não deveria estar carregando esse tipo de coisa por aí.

Jamie, que de fato era James, balançou a cabeça.

– Vou guardar seu canivete aqui até você voltar com sua mãe e ela dizer que você pode mesmo ter isso.

O plano dele funcionou: deixou o canivete para trás, mas levou o *Guia do Campo Peterson para os Pássaros da América Central**.

JAMIE DESCEU AS ESCADAS correndo com o *Guia do Campo Peterson.*

"Qual é sua forma? Qual é o formato de suas asas? Qual é o formato de seu bico? Qual é o formato de sua cauda? Como ele se comporta? Escala árvores? Como ele voa?". Jamie memorizara essas perguntas do guia de campo e as repetiu tanto em sua cabeça que pareciam formar uma melodia. Ele conhecia toda a topografia de um pássaro. Suas partes favoritas do livro eram o começo e o fim, não como se o livro encerrasse uma história, mas é que ele amava as duas seções de fotos de silhuetas dos pássaros. O número 13 era a pega (espécie de corvo), o 25, o pedro-celouro, o 9, bem, esse era o sabiá, e o 14 era o bacurau.

Ele tinha certeza de que a silhueta da grande garça-branca tinha passado por sua janela do pátio.

Ele desceu a escada correndo. "Um dia deixarei essa cidade, e encontrarei mais pássaros", Jamie pensou, pulando de dois em dois degraus e depois escorregando pelo corrimão pegajoso, voando pelos três últimos degraus antes da porta. Ele queria encher sua lista com pássaros que poderia nomear e chamar.

Quando finalmente chegou ao pátio, viu que aquele pássaro não era, de jeito nenhum, um pássaro. Aquele pássaro era um menino e uma menina, uma mãe e uma criança.

A mãe, a menina, a criança. Eles pareciam estar dormindo, os olhos fechados, imóveis. O bebê ainda estava nos braços de sua mãe, uma gosma

* Tradução literal para a obra *Peterson Field Guide to the Birds of Eastern and Central North America.* (N. da T.)

cinza e caudalosa escorria pelo lado de sua cabeça. A menina estava em cima do corpo do menino, um indefeso travesseiro ensanguentado. E ainda havia um velho colchão, encharcado de chuva, a apenas três metros do braço direito do menino-pássaro, e que estava dobrado como uma asa, embaixo dele.

A dor movimentou o corpo do menino. Seus ossos saíam fora dos pulsos. Seus olhos estavam esbugalhados. "Ele pode me ver", Jamie pensou.

O menino parecia ter aterrissado primeiro com os pés no cimento encharcado do pátio, cheio de sacos de lixo exalando mau odor e resíduos. Os ossos da parte inferior da perna do garoto estavam em pedaços sob os jeans, na altura da coxa. Ele estava deitado de costas, como se tivesse caído de um grande e confortável ninho.

Só quando os policiais chegaram e vasculharam os resíduos do pátio é que Jamie conseguiu se virar. Os policiais recolheram caixas de fósforo, garrafas de refrigerante, sacolas de papel pardo, pedaços de papel e outras prováveis pistas: um maço de cartas de baralho que repousava sobre uma folha manchada de marrom e um bilhete de sábado da Loteria Instantânea. Jamie ainda estava segurando o *Guia do Campo Peterson*. Ele não sabia nomear o que viu.

Laronne

"Essas meninas brancas", Laronne pensou, a despeito de si mesma. "Essas meninas brancas acham que tudo o que precisam é amor."

Quando Laronne soube o que aconteceu, fez como se fosse da família. Convenceu o zelador a deixá-la subir.

– Ela é minha cunhada – disse. – Eles eram meus bebês, também. – Mas ela nem tinha de ter mentido. Laronne era o único contato que constava do pedido de aluguel de Nella, sob "empregador".

– Talvez você possa encontrar algo que eles não conseguiram – o zelador falou.

Nas quatro semanas desde que Laronne a empregara, Nella sempre fora pontual. Quando não apareceu naquela manhã de terça-feira, Laronne ligou para saber o que havia de errado. Nella não atendeu ao telefone.

Nella parecia distraída nos últimos dias. O bebê, de apenas seis meses, não estava dormindo. E o garoto, ele também não estava se sentindo bem. A filha da Nella, tão pequenina, estava fora de si porque não havia dinheiro para ir ao parque de diversões antes do final do verão, como a mãe lhe prometera. Laronne não podia melhorar as coisas, mas tinha cinquenta dólares para emprestar, de maneira que as crianças poderiam desfrutar das grandes diversões no parque.

– Eu sei que você se preocupa com eles, que é nova na cidade e tudo, mas as crianças não podem ficar fechadas, vendo televisão, o verão inteiro – Laronne dissera. – Vamos lá, aceite isso. E não se preocupe também sobre quando vai me devolver o dinheiro. Vá e se divirta com as crianças.

Laronne estava feliz por ajudar. Ao longo dos anos, ela se tornara a mãe de seus funcionários na comunidade da biblioteca da escola. Quando não tinham um lugar para ir nos feriados, ela insistia que se juntassem em volta de sua mesa de jantar. Já acontecera de um funcionário ir morar com ela, apenas para conseguir passar por um mês mais duro. E seu filho crescera acostumado a ver pilhas de presentes sob a árvore de Natal, todos para os funcionários de sua mãe e seus familiares. O marido de Laronne às vezes a censurava por se envolver demais.

– Você é a patroa deles, não a mãe! – ele dizia.

Mas Laronne sabia que seus empregados – na maioria mães recém-divorciadas que estavam trabalhando fora de casa pela primeira vez – estavam, todos, empenhados em conseguir uma segunda chance. Se ela pudesse fazer uma pequena coisa que fosse para ajudá-los, assim o faria.

Nella pegou o dinheiro e sorriu. O mesmo sorriso aberto de que Laronne se lembrava de Nella ter dado quando lhe contou que havia conquistado o emprego.

– Sou nova na cidade – disse Nella –, eu estava pensando... eu pensei... Roger sempre disse que seria difícil. A América não era como eu pensava que fosse. Obrigada. Obrigada.

Laronne riu.

– Ah, criança. E não é fácil. Especialmente nesta cidade. Não posso imaginar como era no lugar de onde você veio.

Nos seus primeiros dias de trabalho, Laronne soube que Nella deixara a Alemanha e seu marido por um homem, um empreiteiro norte-americano que ela conhecera em uma reunião dos AA, perto da base. Ela se enamorou na noite em que ele a levou para casa, em seu velho Benz, depois de um encontro do grupo, mas se perdeu com as indicações de trajeto que ela informou. Era o tipo de coisa que poderia ter deixado Roger furioso. Por que ela não conseguia aprender a ler um mapa? Mas Doug disse que eles teriam de encontrar outra maneira de levá-la para casa. Ele parou o carro, fez a volta para lhe abrir a porta, e disse:

– Vamos simplesmente navegar pelas estrelas.

"Ah, essas moças brancas", pensou Laronne.

Duas semanas depois, Laronne encontrou Nella no banheiro, curvada sobre si mesma, como uma bola, chorando. Ela sacudia a cada respiração como se estivesse sendo golpeada por murros em seu interior.

– Laronne – Nella disse –, eu pensei que era certo. Não sei o que pensar. Sentir.

Laronne nunca tinha sido inclinada a dar conselhos ou palpites, mas percebeu que Nella precisava de algumas palavras, quaisquer palavras:

– Apenas preste atenção no que está acontecendo aqui – ela disse, fazendo um círculo em seu peito, com a mão. "Você não pode dizer a uma mulher adulta o que fazer, de jeito nenhum", ela pensou. – E cuide de si mesma e daquelas crianças. É só o que você tem a fazer.

Era pouco antes do meio-dia da terça-feira quando o homem branco, com seu brilhante cabelo alaranjado penteado para trás, entrou na biblioteca com um ramo de flores na mão, perguntando por Nella. Esse era o homem por quem Nella havia abandonado seu casamento?

– Receio não poder ajudá-lo – Laronne disse.

– Dona – ele disse em um tom baixo. – Eu preciso ver a Nella. Entregar isso para ela.

Laronne não era dessas que se deixavam intimidar.

– Moço – ela disse com a mesma energia –, receio que não possa ajudá-lo. Mas talvez o segurança possa.

Ele ficou parado ali, encarando-a por um momento antes de sair como o vento.

Laronne podia sentir as batidas de seu coração, mais de raiva que de medo. "Nella tinha de cuidar de seus problemas", Laronne pensou. "Mas não aqui e não no meu turno."

Quando Laronne deixou uma segunda mensagem para Nella naquela tarde, ela hesitou por um momento e, então, em vez de dizer "Como vai você?" ou "Posso ajudar?", falou:

– Não se preocupe em vir amanhã. Não vamos precisar mais de seus serviços aqui.

O que mais Laronne devia a ela? O que mais ela podia fazer?

Era uma noite cinzenta de agosto de 1982. Um dia úmido. Assim que Laronne acendeu as luzes do apartamento, sombras da poltrona subiram pela parede. O grande sofá verde, um berço e a televisão eram os únicos móveis do aposento. Não havia estantes de livros, mesas ou peças de decoração, apenas malas abertas ao longo do cômodo, servindo como gavetas improvisadas, e dúzias de caixas amontoadas, algumas fechadas, a maioria cheias.

No quarto, Laronne pôde ver onde cada criança dormia. A menina fizera uma caixa vazia de criado-mudo. Seu pijama estava dobrado e guardado sob seu travesseiro. Sua cama estava feita. Livros da biblioteca permaneciam empilhados no piso, perto do colchão.

Larone virou a caixa que servia de criado-mudo e colocou dentro os pertences da menina: três bichinhos de pelúcia, algumas malhas, dois pares de calças e um de sapatos.

Tudo teria de ser empacotado.

Pela janela da cozinha, Laronne viu a multidão que se formara além dos limites da área do pátio, cercado pelas fitas amarelas da polícia. As pessoas olhavam para cima, como se estivessem procurando por sinais. Elas desenhavam linhas no ar, padrões de voo de uma família que caíra do céu.

Era a terça-feira seguinte ao primeiro pagamento de Nella, e os armários estavam praticamente vazios. Laronne jogou no lixo uma lata de café, duas caixas de macarrão com queijo, um cereal e uma latinha de atum. No refrigerador havia metade de uma jarra de suco de laranja, uma mamadeira, molho de maçã, ketchup e uma embalagem de queijo. Laronne jogou tudo fora.

Na gaveta próxima ao fogão, ela achou um bloco de papel, canetas, folhas com fotos impressas do menino e da menina, ainda não cortadas e do tamanho adequado para uma carteira escolar, tesouras e cinco notas de dez dólares, reunidas com uma mensagem atadas por um clipe.

Querida Senhora Warner,
Obrigada por nos dar dinheiro para ir ao parque de diversões.
Vamos na próxima semana. E mal posso esperar.
Com amor,
Rachel

Nella tinha pago sua dívida.

Laronne retirou a lata de café do lixo e jogou fora os grãos. Com a tesoura, cortou um buraco na tampa. Então, colou na lata uma fita onde escreveu "contribuições", e guardou as notas de dez dólares dentro. Isso seria para a única sobrevivente, a menina.

Rachel

Tia Loretta joga tênis nas manhãs de domingo com um possível lagarto chamado Drew.

– Pelo menos ele não é engraçadinho, como Nathan costumava ser – Vovó diz. – Mas ainda mantém você longe da Palavra.

Essa era a maneira de a Vovó gritar. Ela não aumentava a voz ou falava duro, apenas ressaltava alguns sons. "MAS ele AINDA mantém VOCÊ LONGE da PALAVRA." Tia loretta nunca ia à igreja. Nunca desde que tio Nathan foi embora.

Vovó ia à Igreja Metodista Episcopal Africana (AME, sigla em inglês) todo domindo de manhã e, às vezes, também nas noites de quarta-feira para "levantar" uma das moças da igreja, se alguém estava doente. Hoje está atormentando tia Loretta, porque ela não vai conosco para louvar o nome do Senhor.

– Você é que mais me quer ver casada, mamãe. Você é que me faz ir jogar – tia Loretta não está na defensiva ao dizer isso. Ela está apontando fatos. Ela tem um troféu de tênis do ginásio, de 1967, em sua cômoda e um encontro com Drew para jogar.

Jogar tênis é uma das coisas que está na categoria dos brancos, junto com música clássica e golfe. Tamika disse isso na aula de educação física, quando a senhora Karr estava nos ensinando a entender o placar.

Tamika não é uma autoridade, mas percebi que as outras meninas negras concordam. As únicas pessoas negras que eu vi jogando tênis foram a tia Loretta e o Papai. Para mim, eles tinham parentes brancos. Nunca sequer menciono que tenho parentes brancos. E, a maior parte do tempo, tento não deixar que as meninas negras, como Tamika, me vejam falando com Tracy, porque Tracy é uma menina branca. E a maneira como elas dizem isso, "garota branca", faz com que me sinta em terreno perigoso.

Mas a Vovó sempre quis que o Papai e a tia Loretta conhecessem as coisas dos brancos. Como quando Papai quis ser músico. Vovó fez com que tocasse piano, embora ele quisesse mesmo tocar banjo ou gaita. Um piano é mais branco do que uma gaita. Não sei se isso era segredo para Vovó, mas às vezes Papai ainda tocava gaita.

Vovó não pode discutir com tia Loretta. Ela quer ver a filha casada, quer que ela tenha algo melhor. Mas às vezes parece que tia Loretta tem em mente um "algo melhor" diferente do que a Vovó pensa. O "algo melhor" da Vovó para tia Loretta é um bom emprego de secretária, um marido, duas crianças e uma casa ali perto.

Esse tipo de "algo melhor" não parece suficiente para tia Loretta e provavelmente também não o é para mim.

O namorado de tia Loretta, Drew, é seu novo parceiro de tênis. Drew é bonito e não é um namorado que fica olhando para as outras mulheres. Ele gosta da tia Loretta porque ela é: 1) linda, com certeza, 2) boa jogadora de tênis, e 3) inteligente. Nunca ouvi garotos dizerem que isso era uma coisa boa.

Eu gosto de Drew porque ele é inteligente e tem uma voz forte e profunda. Fala sobre "devolver à comunidade", "elevar o povo". As coisas que ele diz, ele repete várias vezes. A maneira como ele fala é muito apaixonada – até mais do que as pregações de um padre ou o discurso de um candidato a presidente. Drew trabalha na cidade, no Centro Albergue Iluminado Exército da Salvação. Ele é um orientador-conselheiro para problemas como drogas e álcool. Diz as mesmas coisas que Mor dizia: "vá devagar", "um dia de cada vez". Esse tipo de coisa. É uma linguagem em código. E eu sei o que significa.

Eu também gosto de Drew porque ele faz com que a alegria da tia Loretta fique mais visível. O motorista do ônibus, o carteiro e até o caixa da mercearia da rede Fred Meyer podem notar isso. Não é difícil para tia Loretta sorrir – ela faz isso todo o tempo. É fácil sorrir apenas para fazer as outras pessoas se sentirem bem. Mas quando alguém finge estar alegre, isso tem limites. Pessoas comuns talvez não vejam, mas as que realmente importam podem ver limites e linhas onde seu sorriso termina e você, a verdadeira, a triste (eu) ou a irada (Vovó), começa. As linhas e limites desaparecem de tia Loretta quando Drew está por perto. E a fotografia de tio Nathan na lareira também desapareceu – aquela em que ele está se inclinando para tia Loretta e com ar misterioso, duvidoso, que transparece no rosto dele. Essa é uma coisa boa, eu acho. Você não deve ficar segurando coisas que lhe criam limites. Agora tia Loretta tem mais luz interior, uma luz interior que as outras pessoas também podem ver.

Na escola, tenho a melhor letra cursiva e estou aprendendo mais palavras compridas, como "superirritada", porque a senhora Anderson sempre diz isso.

"Você me deixa superirritada", ela diz, enquanto bate com a régua na carteira de Anthony Miller, partindo ao meio a pobre régua. Isso faz com que Anthony Miller ria ainda mais forte.

Agora, quando Anthony Miller faz o *tum tum tum* contra minha cadeira, eu viro para trás e fico olhando direto para ele.

– Não vou falar nada sobre isso – digo para Anthony Miller, o que faz com que ele dê um sorriso de covinhas tão profundas que dá pra colocar moedinhas ali.

– Desculpe por ficar batendo na sua carteira – ele diz. O espaço entre os olhos dele parece menor do que antes. Sua testa fica toda enrugadinha. – Isso dói? – ele pergunta e seu sorriso muda.

Posso ver o cartaz acima de sua cabeça pendurado na parede de trás ou os rabiscos de tinta azul que ele fizera em sua folha em vez de responder às perguntas do teste de vocabulário que estavam no quadro, mas estou mirando direto nos olhos dele, ainda que a garrafa azul estivesse aberta e minha face muito corada.

– Não – e falo do mesmo jeito que Robbie – r-r-realmente. – Não consigo evitar o choro que quer sair. Não consigo, mesmo. Os olhos de Anthony Miller se abrem tanto como se eu estivesse lhe dando um maravilhoso presente de Natal.

Não gosto quando me surpreendo chorando. A única situação em que isso acontece de verdade é quando acordo de um pesadelo, como na noite anterior, quando Robbie estava comigo em meu sonho. Era Robbie, mas não era Robbie. Ele tinha cabelos escuros emaranhados e grandes olhos castanhos (não verdes) que pareciam botões costurados ao contrário. Ele sorria para mim um pouco enviesado, e então estiquei o canto de sua boca para fazer com que ele desse uma risada. Mas seu sorriso se transformou em um fio na minha mão. Recolhi cada fio perdido e, então, seu rosto ficou vazio. Apenas orifícios de agulha onde antes ficavam seus olhos, seu nariz, seu sorriso. Não havia jeito de ele poder chorar ou mesmo gritar. Então eu gritei. *Robbie!*

Tia Loretta sempre aparece se me ouve gritar no meio da noite.

– Pobrezinha – ela diz. – Está certo. Continue. Deixe sair.

Às vezes tia Loretta parece mais apavorada com meus pesadelos do que eu. Ela diz:

– O que aconteceu com você foi assustador. Foi uma coisa terrível que... – Ela não sabe o que dizer. – É difícil entender, mas você está a salvo, aqui.

– Tudo bem – respondo sem discordar. Estou, como ela diz, "salva", mas para mim estou no que chamo de "à espera". Em meu diário, continuo contando os dias. Estou esperando que Papai volte, para me pegar e levar de volta para casa. Não para onde a gente vivia na Alemanha. Não onde passamos o verão em Chicago. Não na Dinamarca, para onde Mor disse que nunca mais iria de novo. Casa, onde quer que Papai esteja, mesmo que sejamos só eu e ele.

As palavras no quadro parecem agora borradas para mim. Se eu me concentrar, consigo copiar o número 2 *invadir* e depois o número 3 *inválido*. Eu estou na *inundar* e Anthony Miller bate no meu braço direito, fazendo meu *u* virar um garrancho, e diz:

– Aqui – e me dá um guardanapo de papel todo amassado, que tirou do bolso. O guardanapo ainda está na minha mão quando a senhora Anderson vai até Anthony Miller.

Um estalo. A régua da senhora Anderson bate na carteira dele e se parte ao meio. O barulho entra em meu ouvido ruim. Posso sentir aquela pulsação, porque o som não pode ir a lugar nenhum.

– Calados! Tratem de ficar quietos.

Todo mundo estava rindo e ninguém ficou quieto. É a terceira régua que a senhora Anderson quebra essa semana, duas delas na carteira de Anthony Miller.

– Fui eu de novo, senhora A. Desculpe – diz Anthony Miller.

O "desculpe" soa diferente agora, ou sou eu que o sinto diferente. Eu volto ao primeiro "desculpe" de Anthony Miller, aquele que ele disse para mim. "Isso dói?" Ninguém havia perguntado isso antes.

Eu ainda estou contando os dias.

QUANDO vovó está cuidando do jardim é a única hora em que ela não parece um pouco maluca. Mesmo ao acordar, pela manhã, sua testa já está franzida. Vovó levanta às 5h15 da madrugada. Toma o ônibus 7, que vai para o centro, e depois o 34. O caminho demora quase duas horas. Ela trabalha para uma senhora na parte sudoeste da cidade. É onde os brancos vivem. Nenhum deles tem tempo de cuidar de suas avós e é isso que a Vovó faz. Vovó é uma avó que ajuda avós. Isso parece importante. Quando a Vovó precisar de ajuda, não quero que nenhuma outra avó tome conta dela. Vou fazer isso sozinha. Acho que isso é simplesmente o justo.

Vovó está cuidando do jardim, eu sento na varanda em sua cadeira de balanço e leio. Agora mesmo estou lendo *O Escolhido*, de Chaim Potok. Uma menina da classe disse que foi o primeiro grande livro que ela tinha lido. Eu leio grandes livros desde o quarto ano. Tenho alguns favoritos. Acho que esse livro vai ser um deles.

– Você acha que eu não gosto de livros – a Vovó diz.

Eu nunca falei isso. Mas algumas vezes fico imaginando, quando ela me pede para ler a programação no Guia de TV, que talvez a Vovó não saiba ler.

– Vovó, você simplesmente sabe das coisas. – Eu digo isso como se estivesse lhe dando o croque na cabeça que ela quer.

Vovó apenas conhece bem as coisas, como os nomes de flores e plantas. Só de ver uma única folha, ela pode lhe dizer o que é e para que serve.

Tia Loretta é diferente da Vovó. Ela é interessada nas coisas, nas coisas novas, não apenas em jardinagem, mas em bons negócios, parecendo respeitável e elegante em suas roupas bem passadas. Tia Loretta não fala do mesmo jeito que a Vovó. Ela faz com que seus "ts" e "indos" soem mais nítidos. Não há nada do sotaque do Texas no jeito de falar de tia Loretta.

Tia Loretta tem uma coisa que talvez se possa chamar de classe. Não do jeito da Vovó, que usa pérolas falsas e chapéus de domingo, mas algo que vem com você, como se tivesse nascido para ser rei ou rainha. Tia Loretta compreende melhor do que Vovó que ler um grande livro tem mais classe do que usar pérolas falsas para ver televisão. Eu gostaria de ter uma palavra melhor para o que quero dizer. Nos dias em que Vovó está nervosa, ela chama isso de "muita pretensão" e então diz que se trata de coisa de "branco" – como as crianças dizem na escola.

Quando a Vovó fica muito irrequieta em relação a mim, isso quer dizer que ela quer que eu goste dela. Vou gostar bastante dela. Às vezes posso até dizer "Eu amo você, Vovó", e isso é importante para ela. Eu a amo porque tenho que amar. Ela é minha avó.

Tenho um truque que inventei que consiste em, então, quando ela começa a se inquietar, eu não ficar pensando coisas sobre ela. Pensamentos como "ela não é tão inteligente", ou "ela não é tão boa mãe como Mor".

Eu imagino Vovó na minha idade com alguém lhe dando amor e carinho. Imagino alguém que a ame, mas não alguém como eu, que pode se aninhar no colo dela enquanto estamos vendo televisão, e eu estou gostando de sua pele suave e o cheiro de lavanda misturado ao do suor que posso sentir quando ela está usando seu uniforme azul. Imagino alguém amando a Vovó quando pequena. A Vovó se aconchegando. A Vovó fechando seus olhos enquanto uma mão quentinha passa pela parte da frente de seus cabelos. As mãos da Vovó quietas, e as de alguém que a ama a acariciando.

– É verdade. Eu não conheço nenhum dos livros que você lê – vovó diz. – Mas eu conheceria se eles tivessem me deixado ir para a escola. Para aquela escola particular.

Tem uma história que a Vovó não conta. É uma história que faz com que ela fique suspirando e fazendo aquele barulhinho com a língua, de quando alguém não aceita uma coisa. Quando ela fica cavoucando, volta naquela história, não está olhando para o chão, mas para imagens do Texas que estão em sua mente. Ou talvez sejam imagens de si mesma bem jovem, mais parecida com tia Loretta – mais parecida com uma garota que estava indo para algum lugar. É quando ela deixa de parecer tão confusa.

– Vovó, eu acho que se eu lesse as histórias para você, assim também poderia ter os mesmos livros em você.

– Você pensa demais – ela diz.

– Não dê ouvidos para isso. Trate de manter sua mente bem. Isso é que importa – tia Loretta diz.

Ela acaba de chegar do trabalho, um escritório onde datilografa e leva almoço ou café para o patrão. Ainda está vestida com as roupas que usa para trabalhar: saia, saltos altos, blusa de seda e malha. Vendo sua figura bem ali na varanda, é difícil imaginar que tia Loretta pertença mesmo a este lugar.

Você pode imaginar claramente como ela ficava bem dirigindo, nas ruas de Los Angeles, um carro imponente, ou andando de táxi em Nova York, quando ela estava casada com o tio Nathan.

– Minha mãe tem boa intenção, Rachel, mas você tem de continuar do jeito que está, com seus estudos – diz tia Loretta. – É importante.

– Ninguém disse que não era, mas ela precisa ter algum bom-senso contra o sentido daquèle livro.

– Mamãe, deixe-a em paz. Ela é uma boa menina.

– Tenho razão se falo que eles costumavam dizer isso sobre você também – vovó diz. – Mesmo assim você fugiu quando tinha apenas dezessete anos, com aquele garoto Nathan. Você dormiu na cama que preparou.

Nem Vovó nem ninguém fala sobre para onde foi tio Nathan. Ele jogava futebol, basquete e beisebol. "Bom mesmo", como Vovó diz, significando "muito bem". Tio Nathan não joga nada agora. Seus "dias de jogar por aí" acabaram. Eu não acho que ele tenha morrido, porque se tivesse a Vovó nunca falaria o nome dele. "Traz má sorte evocar os espíritos e tudo." Vovó nunca diz "Ariel". Vovó nunca diz "Robbie". Vovó nunca diz o nome de minha mãe.

Eu nunca vi tia Loretta parecer meio fora de si. Triste é como fica normalmente, mas agora mesmo parece que está inteirinha em chamas. Ela não diz nada. E, então, como se alguém tivesse jogado água nela:

– Quer saber de uma coisa, Mamãe? Você está certa. Vá em frente e seja a certa.

Jamie

Jamie visitava a capelinha do pátio todos os dias, até que choveu.

A capelinha foi feita com uma tábua velha, sobre dois blocos de cimento, a uns trinta centímetros do chão. Na tábua, coberta por um pano bem colorido, havia flores, velas, um ursinho de pelúcia e bexigas – duas já estouradas –, tudo grudado com uma fita adesiva meio estragada. E havia uma lata de café com um buraco feito na tampa de plástico, como aquela que passavam na igreja, e com um rótulo que dizia "contribuições".

Naquele primeiro dia, Jamie colocou uma moedinha de vinte e cinco centavos na lata de café. Ele queria colocar mais.

Um retrato de escola do menino-pássaro tinha sido colado à lata de coleta. Na foto, ele teria uns seis ou talvez sete anos, Jamie pensou, pois ele não tinha os mesmos dois dentes que Jamie perdera naquela idade. E perto dessa, havia a foto da garota com o cabelo de carapinha e os olhos azuis, azuis.

Havia, ainda, uma foto de família emoldurada. A mãe estava sentada em uma cadeira de palha, tendo de cada lado os filhos, o menino e a menina. Era a família do sexto andar. Jamie os vira quando eles se mudaram, algumas semanas atrás, e também no vão da escada, algumas vezes. Era verão e ele nunca os vira brincando lá fora.

Qual é a sua aparência? Qual é o formato de suas asas?

As CÂMERAS de televisão vieram no primeiro dia. Os canais 2, 5 e 7 entrevistaram vizinhos que Jamie nunca vira. Os vizinhos disseram muitas coisas:

Ela parecia comum.

Era discreta.

Sempre fazia questão de manter os filhos limpinhos.

Belas crianças, que pena.

Educada, quieta.

Não sabia muito sobre ela.

Tinha um homem ao seu lado, durante um tempo. Um homem branco. Tipo assim, de aparência sebosa.

Desenvolva o hábito de comparar um pássaro com algum "padrão" familiar – um pardal, um tordo, um pombo etc. –, para que você possa dizer a si mesmo, "pequeno como um tordo; um pouco maior do que um pardal".

Qual é a sua aparência?

No dia seguinte, a capelinha ainda estava lá. As câmeras tinham ido embora.

A lata de café que dizia "contribuições" permaneceu – nenhum ladrão é corajoso o suficiente para roubar dinheiro destinado a um túmulo.

A fita amarela da polícia, que isolava a área onde o garoto-pássaro e sua família caíram, foi rasgada. Parte dela tinha sumido e o restante balançava ao vento.

Jamie esvaziara a carteira de sua mãe e passara a mão sob as almofadas do sofá. Ele andou pelas calçadas procurando moedas perdidas. E incluindo os trocados que conseguiu pelas seis cervejas que ele entregou, acabou coletando quase seis dólares. Colocou o dinheiro, dois punhados de moedas, na lata de contribuições.

Jamie, que de fato era James, ficou parado diante da capelinha, pensando em sua lista. Ainda era uma lista de pássaros comuns: tordos, pardais, pombos, gaivotas. A garça-branca, parecendo toda nevada de tão branca, em pleno voo. Se ao menos fosse isso que ele tivesse visto naquele dia, ele teria se tornado alguém interessante. Estaria nos jornais, talvez mesmo na televisão. Como é que ele pôde se enganar tanto? Como é que pôde transformar a sombra de um menino em um pássaro? Havia perguntas que tinha de aprender a fazer, de maneira a treinar seus olhos para ver.

Qual é a forma das suas asas?

Ele ficou parado diante do túmulo durante horas naquele dia. Quando finalmente entrou em casa para jantar, ficou surpreso ao ver sua mãe sentada no sofá. Ela o chamou para perto e o abraçou bem forte. E sussurrou:

– Você está bem, querido? – Ela o ninou, balançando-o para a frente e para trás. Estava pálida e agitada. Nenhum novo amigo nos últimos três dias e sua mãe precisava de carinho. O braço dela pendia, molengo, em seu ombro.

– Sua mamãe não é tão ruim, é?

Ele aceitou o amor que ela ofereceu, aqueles pedaços desconexos de afeto. Talvez o garoto-pássaro tivesse mudado as coisas, no final das contas.

– Mãe – ele disse –, eu vi...

Justo naquele momento, a porta do quarto se abriu. O novo amigo ficou ali parado, no vão da porta.

– O que você está esperando, garota?

Só então, Jamie viu as marcas conhecidas no braço de sua mãe e seu espírito vago que ela demonstrava ao olhar para ele, os olhos apáticos. O sentimento que surgira entre eles tornou-se um abismo, um ferimento aberto. Como ele poderia ter certeza do que viu?

Havia perguntas que devia aprender a fazer, para treinar seu coração a não sentir.

Sua mãe retornou ao quarto.

– Mamãe vai descansar. Diga se você for lá para fora. – O som que abafava os outros sons começou.

– Tô indo lá fora – Jamie disse alguns momentos depois. Ele pegou seu livro e aterrissou no segundo andar, onde se sentou e leu.

Aprenda os cantos de pássaros. Através deles pode-se identificar uma espécie mesmo quando o pássaro quiser se manter incógnito, disfarçando-se.

"Devia ter percebido que o novo novo amigo estava lá", Jamie pensou. "Se tivesse ouvido os sons, teria escutado os grossos sapatos no assoalho sem tapete, a fivela do cinto sendo solta e o ruído do zíper aberto. Ele teria ouvido o dobrar dos lençóis. Ele saberia que o abraço frouxo de sua mãe era pura desculpa.

DEPOIS DE FICAR uns vinte minutos no vão da escada – minutos que pareciam horas, enquanto esperava que o novo novo amigo saísse –, Jamie desceu os degraus, e então deslizou pelo corrimão para aterrissar. Um homem com cabelos que pareciam fios de lã cor de laranja estava reclinado, bloqueando o caminho para a porta.

– Licença – a voz de Jamie era tão fraca que o homem o afastou como se fosse uma mosca. – Licença – ele disse, um pouco mais alto.

– O quê? – O homem de cabelos cor de laranja procurou por quem o chamava. Seus olhos não focalizaram direito.

– Eu só preciso... – a voz de Jamie fez uma pausa enquanto o homem se deslocou rapidamente para o lado.

Jamie correu até a capelinha, onde uma meia dúzia de pessoas estava reunida.

A repórter, bonita e jovem, como sua primeira professora, queria fazer com que a história do menino-pássaro fizesse sentido. Ela tentou pela persuasão, do mesmo jeito que a senhora Gordon queria que as crianças recitassem o alfabeto. Ninguém ainda se dispusera a falar com ela. Então, ela se aproximou de Jamie.

– Ei – ela falou. – Vocês brincavam juntos? Você e o garoto? – ela perguntou.

– Não – ele disse, apertando seu *Guia do Campo Peterson* fortemente contra o peito, como se fosse uma armadura.

– Iam à escola juntos?

– Hã, hã.

A repórter escreveu "não".

Havia perguntas que ela poderia ter feito, Jamie pensou. Não eram essas.

– O que você viu?

"Eu vi um pássaro", ele queria dizer. "Uma grande garça no céu. Vi quando caiu, passando pela minha janela. Eu queria vê-la aterrissando."

Jamie, que de fato era James, não deu essa resposta. O que ele tinha visto? Não importava. Seus olhos viram tudo errado. Sombras, mães, pássaros.

Em vez disso, ele falou:

– Eu vi um homem. No topo daquele prédio. Ele empurrou eles e correu.

A repórter fez mais perguntas e ele respondeu. Jamie, que de fato era James, estava tremendo por dentro, com prazer. A repórter escreveu cada palavra que ele disse.

– Sim, dona – ele falou. – Foi isso mesmo que eu vi, do jeito que aconteceu.

– Ótimo – ela continuou anotando. – Você contou à polícia?

– Como?

Mas a repórter esqueceu a pergunta tão logo a formulou. Ela se virou e disse ao fotógrafo:

– Quero uma foto dele.

– Você poderia segurar isso? – o fotógrafo perguntou a Jamie, entregando-lhe a fotografia enquadrada da família, que estava na capelinha. As mãos de Jamie estavam tremendo de entusiasmo.

– Qual é seu nome, docinho? E me diga como se escreve – pediu a repórter.

Jamie pensou na grande garça-branca, em sua lista, em seu pai James. Pensou em quanto ele queria uma nova história para seu nome, e disse:

– Meu nome é Brick. Tenho onze anos. B-r-i-c-k.

NA NOITE em que Jamie, que de fato era James, tornou-se Brick, ele podia ouvir a chuva na janela que dava para o pátio. Ele ouviu o vento e o barulho das latas de lixo perdendo suas tampas. *Aprenda os cantos de pás-*

saros. O trinado, a canção, Jamie murmurou, para si mesmo, uma música agitada que entrou em seus sonhos.

De manhã, Jamie foi à escola sem comer o cereal que sua mãe lhe deixara preparado. O leite estava quente e a tigela metade cheia com flocos de milho, quase tudo esmigalhado. Ele parou na banca de jornais perto da parada de ônibus, para olhar a edição matutina do jornal. Página B3. Era dele a mão que segurava a foto da família do menino-pássaro. Quando o homem da banca se virou, Jamie correu apenas com a parte B em suas mãos.

– Ei!

Brick fugiu rapidamente. Finalmente, dois quarteirões depois, ele parou e leu a história. Procurou as palavras difíceis. Leu seu novo nome.

Naquela tarde, Jamie percebeu que a capelinha não sobrevivera à tempestade noturna. A chuva ensopara tudo o que restou: o ursinho de pelúcia, os castiçais, o retrato da família na moldura. A lata de café sumira. Jamie, que de fato era James, pegou a tábua e a colocou, novamente, sobre os blocos de cimento. Pegou o urso de pelúcia empapado e o espremeu, como se fosse uma esponja. Despejou a água dos sulcos dos candelabros, onde deviam ficar as velas acesas, e secou o retrato de família, agora molhado sob o vidro, com marcas onde haviam se formado pequenas poças d'água.

Jamie, que de fato era James, mas que agora era Brick, colocou o *Guia do Campo Peterson* na capelinha, perto da fotografia da família do menino-pássaro. Ele não queria mais o guia de campo. De agora em diante iria apenas ouvir. Ele saberia das coisas mesmo que seus olhos estivessem fechados. Ele as reconheceria pelo som.

Laronne

Depois de trabalhar, no dia seguinte, Laronne visitou o pátio.

Sem o piscar das luzes dos carros de polícia, ou das equipes de televisão, a multidão se diluíra. Um velho senhor negro colocou um ramo de cravos na capelinha e enfiou uma nota na lata de contribuições que Laronne fizera. Ele parou, também, para pegar a fotografia emoldurada que Laronne trouxera da mesa de Nella, na biblioteca, e colocara no centro da capelinha.

Laronne reconheceu o homem de uma das reportagens de televisão. Era um vizinho de Nella, que lhe ajudara a subir as compras outra tarde.

– O apartamento dela era limpíssimo – ele disse.

Durante o dia inteiro, Laronne ouvira o mesmo tipo de comentário sussurrado na biblioteca onde trabalhava.

Ela era realmente prestativa.

Eu acho que ela era inteligente de fato.

Às vezes, eu não conseguia entender seu sotaque.

Ela sempre parecia tão amável.

Aquele monte de comentários sussurrados não acrescentava nada à história para que o que aconteceu fizesse algum sentido; dificilmente poderiam ser considerados indícios de algo. O que as pessoas queriam saber era por que Nella estava em situação tão perigosa. Por que o perigo não fora detectado?

Laronne viu um garoto de cabelos encaracolados aproximar-se da capelinha. Ele pegou cuidadosamente a lata de contribuições e despejou em seu interior dois punhados de moedas. Será que ele teria perdido seu melhor amigo?

Laronne observou enquanto o senhor negro falava com a repórter do jornal. Não havia dúvida de que ele estaria contando a mesma história que relatara às câmeras de televisão, agora mais ensaiada. Falar algo como "limpíssima" não era forma de se lembrar de uma mulher, uma mãe. E por que o homem estava se apresentando como alguém que participara de uma história sobre a qual ele nada sabia?

– Você a conhecia? – a repórter perguntou a Laronne, em seguida. – Como a conheceu? Ela era uma boa funcionária?

– Sim – Laronne disse. – Ela trabalhava para mim na biblioteca. Era a trabalhadora mais dedicada. Sempre pontual, até esta semana.

– Como ela lhe pareceu, na última vez em que a viu? – a repórter finalmente perguntou.

Laronne pensou no que ouvira nas reportagens de televisão da noite anterior. *Calada. Tímida. Introspectiva. Limpíssima.*

– Como ela parecia? Nella parecia orgulhosa, entusiasmada e jovem.

– O que mais você pode nos contar sobre ela? – a repórter perguntou.

Laronne pensou no dia em que lhe mostrara uma foto de seu próprio filho, Greg.

– Robbie vai ser um rapagão como esse – Nella dissera.

– Vai acontecer antes que você se dê conta – Laronne replicara.

– Agora, eles ainda são meus pequenos raios de sol – Nella sorrira. – Robbie, especialmente, é um beijoqueirinho.

Laronne conhecia as crianças apenas pela fotografia emoldurada na mesa de Nella, mas lembrava que ela sempre falava sobre o garoto especial. Disse que ele não falava muito, porque gaguejava. Ele apontava, balançava a cabeça. Ou tinha sua irmã mais velha para falar por ele tudo o que queria dizer. A menina certamente tinha palavras suficientes para todos eles. Quem poderia saber o que ela seria quando crescesse? Mas certamente seria o que quisesse; isso estaria escrito tão extenso como o céu.

Nella esfregou a foto de Laronne quando a devolveu.

– Sinto muito. Será que fui eu que a sujei? – ela perguntou.

– Não, é um arranhão acima do olho dele – Laronne falou. – É apenas uma cicatriz agora, mas, Deus do céu, quando ele chegou em casa... Acho que isso doeu mais em mim do que nele.

– É assim que é mesmo. Você quer protegê-los.

– Engraçado, como isso acontece – Laronne disse. – Você percebe que faria qualquer coisa por eles. Qualquer coisa, para que estejam bem.

– Sim – Nella disse. – Eu farei.

Laronne tinha apenas uma coisa a dizer para a repórter.

– Aquela mulher amava seus queridos filhos e eles a amavam.

A repórter escreveu o que Laronne disse. Mas Laronne poderia afirmar que a repórter não achava que aquilo daria uma boa história.

Laronne gostaria de dizer algo que importasse.

– Você tem de fazer as perguntas certas – ela disse. – O que ninguém está perguntando é onde está o homem, o namorado. – A repórter fez um ruído que encorajou Laronne a continuar falando. – O que temos de perguntar é onde *ele* estava naquele dia.

Uma mulher negra que estava ao lado esquerdo de Laronne disse:

– Isso está certo.

E Laronne estava na igreja de novo – testemunhando o que ela pensava do namorado de Nella, o homem com o cabelo cor de laranja, emplastado e penteado para trás, e que estava longe de ser encontrado.

– O que nós precisamos investigar... – Laronne era pura emoção. – Será que aquele homem estava naquele teto, aquele dia?

– Amém – a mulher negra que subitamente havia se postado à sua esquerda era seu coro.

Doug, esse era o nome dele. Engraçado como Laronne fez a imagem dele de um homem negro, quando Nella o mencionou pela primeira vez. Ela não estava certa de que isso poderia ser atribuído a um preconceito ou a uma certa tendência. Pelo que Nella dissera, o homem – Doug – não parecia ter um emprego de verdade. Essa talvez fosse a razão pela qual ela pensou que o homem fosse negro – seu preconceito.

– Uma mulher – nenhuma mulher – faria isso a seus próprios filhos – Laronne disse.

– Amém.

A repórter anotava furiosamente em seu bloco.

– Continue, pergunte às pessoas o que elas viram. Uma mulher não sacrificaria seus filhos daquele jeito. Não importava o que estivesse dando errado. Ela não ia ferir nenhuma criança. Mas talvez *aquele homem* pudesse fazer isso.

E com isso Laronne viu a repórter escrever um asterisco enorme e um ponto de exclamação.

– Você poderia soletrar seu nome para mim, de novo?

NAQUELA NOITE, Laronne não pôde dormir porque havia uma tempestade lá fora. Seus pensamentos sobre Nella, o menino e o bebê, agora mortos, e a menina, toda essa história fez como se fosse uma marca em seu íntimo.

– David – ela disse a seu marido quando se virou para ele, na cama. – A tristeza está me tomando de novo.

– Eu sei. Vem cá.

Laronne chegou mais perto e ficou sentindo o calor dos braços dele ao redor de seus ombros e de suas costas, e a quentura do peito dele em seu rosto.

– Não consigo me livrar desse sentimento – Laronne disse.

– Bem – David falou –, então vamos ficar na companhia dele.

DE MANHÃ, Laronne encontrou a história na página B3. A repórter havia descrito o pátio, a capelinha, o grupo de pessoas que rezavam e sussurravam. Havia mais palavras para descrever o cenário posterior do que para descrever qualquer uma das vidas que foram perdidas. A repórter usava as palavras *piedade, tragédia, vergonha.* Nenhuma menção a *bravura, coragem, amor.*

Mas então, em branco e preto, ela leu: "A polícia informa que prossegue a investigação para desvendar o ato criminoso. Testemunhas indicam possíveis suspeitos...". Seus olhos se fixaram na palavra "Testemunhas." Alguém tinha visto o que aconteceu? O que poderiam contar?

Rachel

É o som de que me lembro. "Ma-ko-me-nada", eu vi quando o consultor de ciências do campo perguntou que tipo de planta era aquela.

– É uma uva-de-urso em Ojibway* – eu disse. Li isso em um livro sobre uma princesa nativa americana que tinha cabelos longos, que iam até o chão. Ela salvou sua família fazendo de seus cabelos uma corda e resgatando-os da água.

– É a tribo de minha mãe – disse Anthony Miller. – De verdade.

---

* Ojibway é uma das primeiras tribos indígenas da América do Norte, originária do Norte do México. (N. da T.)

Então, todas as crianças caíram na risada, inclusive Antoine, que é considerado o melhor amigo de Anthony Miller. Eu olho para Anthony Miller com muita atenção e tento ver a história.

– Ooo-ua-oo-ua. – Antoine é o primeiro a fazer isso. Ele bate a mão contra a boca, do jeito que os índios da televisão fazem. Então, ele estende os lábios e faz de *Ojibway* uma palavra com acento infantil. As outras crianças riram alto. Não sei se é melhor que as pessoas riam do que você é ou apenas porque não entendem.

Anthony Miller é bonito e tem nariz largo e lábios grossos, e essas são características de pessoas negras. Seu nariz é como o do Papai. E sua morenice é a da tia Loretta. Não tem de ter uma particularidade Ojibway que as pessoas possam ver para que eu acredite nele.

Anthony Miller não parece aborrecido, porque ele está rindo também. Ele ri junto com eles. Começa a dançar. Anthony Miller sempre ri.

Eu gosto de Anthony Miller, mesmo que seja ele quem fica batendo na minha carteira. Ele sabe que gosto dele, porque Tracy lhe contou. Não sei se isso faz dela minha melhor amiga ou minha inimiga. Acho que ele também gosta de mim. Ele disse a Tracy que eu deveria encontrá-lo, antes do jantar, na grande árvore que tem mais de cento e cinquenta anéis.

Nós estamos sob a grande árvore que tem mais de cento e cinquenta anéis, quando Anthony Miller diz:

– Deixa eu lhe contar um segredo – e me puxa para mais perto dele, para mais do que já estive de qualquer outro menino.

Então Anthony Miller me beija nos lábios. O beijo percorre todo o caminho para as partes do meu meio. Ele beija próximo ao meu ouvido machucado, sem saber que está ferido, e afaga meu cabelo tocando minhas costas. Anthony Miller me transforma em uma princesa.

– Tudo isso é segredo – ele diz e eu escuto. – Porque eu, realmente, tenho outra garota.

– LOLO – A MULHER diz e abraça tia Loretta bem forte, enquanto permanecem na porta.

Pensei que fosse a amiga da Vovó, a senhorita Verle, chegando de visita para examinar as escrituras, como ela faz quase todos os dias. E de fato, Vovó e a senhorita Verle estão apenas colocando a conversa em dia e falando sobre as coisas boas que elas encontram na loja de segunda mão da St. Vincent de Paul, na parte da cidade onde Vovó trabalha. Você pode comprar uma sacola cheia de roupas por cinco dólares ali.

– As pessoas brancas jogam foram algumas coisas valiosas – a senhorita Verle costuma dizer. – Jogam fora como se nem se importassem.

Eu sempre sei quando elas começam a falar a meu respeito ou sobre gente branca, porque passam a conversar bem baixo. Às vezes penso que posso ouvir melhor porque tenho apenas um ouvido bom. Não importa o quanto elas sussurrem delicadamente, eu posso ouvi-las. E quando a senhorita Verle diz "seus peitos" faz com que pareça que estou "cresceno muito". Eu posso ouvi-la e também a Vovó concordando. "Ela quer dizer crescendo", digo para mim mesma, mas há regras especiais sobre como dizer as coisas, uma vez que ela é lá debaixo, do Sul. Eu quero corrigi-la, mas não vou fazer isso.

– Helen! É tão bom ver você de novo. Entre. O que você está fazendo aqui? – tia Loretta diz e abraça novamente a mulher.

Helen é uma mulher alta, de pele clara e cabelos curtos e lisos. Ela está usando uma blusa de seda vermelha, calças pretas e saltos altos. É quase tão bonita quanto a tia Loretta e tem o mesmo sorriso largo.

– Na cidade, visitando minha família, e eu vi Pam lá no centro ontem. Ela mencionou que você estava de volta, então pensei que sua mãe poderia me ajudar a encontrá-la.

– Bem, cá estou. Morando aqui, agora.

Alguma coisa na maneira de tia Loretta falar soou diferente para mim. Talvez tia Loretta não se sinta tão segura.

Helen olha para mim e então diz:

– Minha nossa! Você e Nathan fizeram algo de bom aqui!

– Esta é minha sobrinha, Rachel, filha de Roger. Ela está vivendo aqui, com mamãe e eu.

– Oi, senhorita Helen – eu digo e aperto a mão dela.

– Oi, Rachel. Não é que você é um docinho! Aperto de mão firme. Isso é boa educação de casa. Mas me chame de Helen. Você me faz sentir como se eu fosse mais velha com esse senhorita. E nós não somos tão velhas! – ela diz, olhando para tia Loretta.

Ambas riem.

– Venha, sente-se – tia Loretta diz. – E Rachel, esquente água para um chá.

Tudo sobre tia Loretta parece realmente formal, como se Helen não fosse sua amiga de escola, mas uma espécie de rainha.

Da cozinha posso ouvir tia Loretta e sua amiga conversando – tão claramente como posso ouvir Vovó e a senhorita Verle.

– Você sabe que eu fui para a faculdade. Lá na Califórnia. Isso é o mais longe que minha imaginação pôde me levar – diz Helen. – E então, você sabe, eu gostei de lá. E quis conhecer mais. Então, fui para a Faculdade de Direito, para Howard. Estou em uma empresa no Distrito de Colúmbia. Assim como meu marido.

– Isso é ótimo – tia Loretta diz. – Eu sabia que você ia se dar bem.

– Ontem, eu soube que você e Nathan fugiram e se casaram. Vocês dois se mudaram para algum lugar onde ele pudesse jogar bola? E sabe que você feriu meus sentimentos, certo? Eu deveria ter sido a dama de honra.

– Ah... não foi uma coisa especial. Foi tudo simples, no cartório.

– Aposto que a senhora Doris não ficou nada feliz com isso. Ela estava esperando que você usasse um vestido de noiva desde que estávamos no sétimo ano.

– Mamãe tem o jeito dela – tia Loretta diz. – Acho que mesmo assim ela ficou feliz que eu tivesse um homem e não fui embora sozinha, por alguma outra coisa maluca.

– Bendita seja ela – Helen diz, rindo, antes que sua voz fique suave. – Lolo, o que aconteceu com Nathan?

– Ele de fato jogou bola. Adorei o tempo em que vivemos em Nova York, os museus, as galerias, a energia. Tomei coragem para ir a algumas aulas de arte também. Estava até me dedicando para talvez expor algumas peças, como numa galeria mesmo. Mas então Nathan e eu... não deu certo – a voz de tia Loretta subitamente ficou frágil e aguda.

– Sinto muito – Helen diz.

– Você sabe como Nathan era – tia Loretta diz. – Continuou sendo Nathan. Só arranjava confusões – tia Loretta faz uma pausa e segue quase murmurando. – Não se importava com quem estava lidando. Andou com todo tipo de gente: meus amigos, as mulheres de seus amigos, e então, não importava se fosse homem ou mulher.

– Lamento. Eu não pretendia trazer isso à tona.

Há um longo silêncio, e eu espero que a chaleira não exploda subitamente, então, desligo o botão antes que a água ferva.

– É tão bom ver você – tia Loretta diz. – Quanto tempo você fica na cidade?

– Mais alguns dias. Mas você sabe que minha irmã está de volta, aqui, agora. Ela está tentando fazer com que o lugar Jack e Jill* volte a funcionar. Isso é bem para você, senhorita princesa do Festival das Rosas! Já é tempo de termos mais alguns caras negros nesta cidade, fazendo alguma coisa.

Eu levo o bule e as xícaras em uma bandeja, e tia Loretta se vira como se tivesse esquecido que eu estava ali.

– Não é que você é mesmo uma querida? – Helen diz e me dá um tapinha no ombro. – Faça isso por esta aqui, é uma garota de Jack e Jill ou uma debutante, se é que existe alguma por aqui. Garanta que ela se encontre com os meninos certos.

Tia Loretta pega a bandeja de minhas mãos e a apoia.

– Isso é algo que você queira fazer, Rachel? Ter um baile de apresentação?

– Não sei – digo. – É como uma confirmação? Na Dinamarca, todos têm uma confirmação quando completam quatorze anos. Você usa um vestido branco, como em um casamento.

– Dinamarca?

– Minha mãe é da Dinamarca.

– Esse seu irmão era tão legal – Helen diz para tia Loretta. – Quem diria que uma mulher branca conseguiria ficar com ele... – ela diz, rindo. – Todos esses anos, eu achei que ia ser a senhora Morse.

Depois que Helen foi embora, tia Loretta quase não abriu a boca durante todo o jantar e mesmo depois da sobremesa, quando limpamos tudo.

---

* A citação "Jack and Jill" se refere a um clássico da língua inglesa sobre a eterna e conflitante relação entre meninos e meninas. (N. da T.)

– Tia Loretta, você está bem? – eu pergunto, quando ela vem para dizer boa noite.

– Estou bem, Rachel. Simplesmente bem.

Mas posso ver que ela não está, e pela primeira vez penso que a sorridente tia Loretta tem suas camadas do meio, como eu. Talvez ela também tenha se transformado em uma nova garota.

NINGUÉM, EXCETO Tracy, sabe que quando o ônibus nos deixa na igreja Santíssimo Redentor*, depois da aula, encontro Anthony Miller no vestíbulo vazio. Eu espero lá dentro, dando uns quatorze passos. E às vezes realmente acredito que Deus *está* bem ali atrás das grandes portas de carvalho, porque ele está mandando Anthony Miller para mim.

Está frio no vestíbulo, e vazio e escuro. A única luz vem através dos três vitrais, que ficam lá em cima, a uns nove metros de altura. A janela da esquerda é a imagem de um homem ajoelhado, com as mãos postas, em oração. Seus olhos estão abertos e olhando para cima, na direção de um trono vazio, com uma cruz no alto. O trono está adornado – essa é minha nova palavra favorita, soa como um comando e tem uma sonoridade que pode ressoar para sempre. As joias no trono formam triângulos de luzes vermelhas, verdes e azuis, nos degraus de mármore. Nos dias em que o motorista do ônibus não para antes da Holy Redeemer, onde apenas um estudante desce, a luz fica perfeita e podemos observar aquelas joias em cada etapa. Posso ver os ângulos Ojibway na face de Anthony Miller sob aqueles raios, mas não digo isso a ele.

* Em inglês, *Holy Redeemer*. (N. da T.)

Na janela do meio, sobre a porta, está a outra metade da cadeira e Jesus em pé, ao lado dela. Jesus olha com o canto do olho para o homem ajoelhado, como se estivesse rindo dele por fazer uma reverência à cadeira. Eu me pergunto se isso acontece o tempo todo: Deus fica ali ao lado, imaginando por que nós continuamos a pedir que nossos desejos sejam realizados a partir de cadeiras vazias. A janela da direita é do mesmo tamanho daquela da esquerda. É a imagem de uma longa mesa já sem as comidas e com vários cálices espalhados. Mas não há nenhum derramamento. Talvez seja isso que aquele homem da imagem da esquerda esteja pedindo: "Por favor, não nos deixe passar sede".

Quando Anthony Miller me beija, tento não transpirar; estou tão feliz. Não quero me afogar nesse sentimento. Sinto-me iluminada, do mesmo jeito que acontecia quando Mor me segurava em seus braços enquanto nadávamos. Não é o mesmo quando Vovó reza para que os doentes se curem, mas talvez seja algo parecido. Nós nos beijamos até que a luz mude; que é quando as pessoas chegam à igreja novamente. Eu gosto de ter este segredo. Anthony Miller está só para mim. Dentro.

A atual Miss América é negra, e tem olhos azuis. Há uma pequena fotografia no topo da primeira página do jornal. Ela não me parece negra. Vovó pega dois exemplares, para ter um extra. Ela está feliz que uma mulher negra seja a mais bonita do mundo. Da mesma forma se sente o caixa da mercearia.

– É um novo dia – ele diz.

Acho que eu deveria estar feliz com isso.

O balconista da loja é moreno escuro, como Vovó e tia Loretta. Nem a Vovó nem o balconista em nada se parecem com a mulher negra de olhos azuis que tem uma aparência de branca e que é a primeira negra a ser Miss América.

Então eu penso, "eu poderia ser Miss América se fosse mais bonita".

Mas estou passando por uma fase difícil e estranha, segundo tia Loretta. Meu cabelo é curto e pixaim. Uma noite, cortei as partes emaranhadas com a tesoura da aula de ciências. Quando Vovó me viu com essa coisa curta e encaracolada que ninguém poderia chamar de um corte com estilo, ela disse:

– O que deu em você para ter cortado seus cabelos?

"Não quero mais usar fraldas", é o que eu digo, mas só em meu interior. Externamente, apenas dou de ombros.

Na Igreja Metodista Africana Zion, quando cantamos canções natalinas, quase suspirando eu canto palavras dinamarquesas. O coro é tão alto que ninguém pode dizer que durante "Jingle Bells" eu troco os equivalentes a *ainda* e *sagrado* por *stille* e *hellige*. Fico feliz por lembrar esses sons. Aprendi um montão de palavras desde que cheguei à casa da Vovó. *Insultar, papear, cacheado afro*. E ainda há muito mais. Às vezes eu sinto que essas palavras ocupam muito espaço. Não consigo lembrar como se diz algodão em dinamarquês tampouco a palavra para nuvem. E se você só puder ter certa quantidade de palavras dentro de você de uma vez? O que acontece com as outras palavras?

Minha amiga Tracy, vez ou outra, me faz dizer coisas em dinamarquês, para me testar. Então ela fica dando risada à toa e diz:

– Parece que você está falando a língua do Scooby-Doo. Tipo, como se eu quase pudesse entender.

– Bem... eu posso entender o que estou dizendo.

– Fale um pouco mais.

– Como o quê?

– Como "eu gosto de beijar meninos" – ela diz.

Então a gente cai na risada, porque gosta mesmo. Tracy gosta de um menino que está em nossa aula de matemática, mas diz que provavelmente ele goste de mim. O nome dele é Jay. Ele tem cabelos castanho-claros que ondulam, não se enrolam. Há uma diferença. E cílios realmente longos, como os de uma boneca. Acredito que ele talvez seja judeu, porque seu sobrenome é Stein. Eu disse a Tracy que sei que Jay não gosta de mim, com certeza. Ele é branco. Gente branca não acha gente negra bonita. Geralmente, é por causa de nosso cabelo. Funciona diferente. E tem um cheiro distinto, com mais loções. Além disso, mulheres negras não são tão bonitas como mulheres brancas. Há exceções – tia Loretta, Miss América –, mas não muitas.

Para a vovó, a igreja é muito presente no Natal. A igreja sempre está presente em muitas coisas, para ela. Então, quando tia Loretta traz para casa a árvore de Natal não verdadeira, revestida de neve falsa, Vovó a decora com uma estrela no topo, cordões azuis e efeites de anjos.

Vovó desembrulha seus anjos de cerâmica, um por um. Todos estão de joelhos e com as mãos postas, em oração. Usam mantos brancos e têm asas brancas. Vovó limpa cada um e dá um bom brilho em suas auréolas. Então, ela os coloca na mesa de café, de maneira que se afigure um coro pronto para cantar.

– Vovó, todos os seus anjos são brancos – eu digo.

– Anjos são anjos – ela diz.

– Mas todos eles têm olhos azuis e cabelos louros – eu argumento.

Vovó olha para sua coleção e, depois, duramente para mim:

– Anjos não são pessoas – ela diz. Então, bufa demonstrando não estar nada contente e sai da sala.

A árvore de Natal é o cenário para todas as fotos que tia Loretta faz no dia de Natal. Ali está a nova menina abrindo presentes; dizendo obrigada à Vovó, com um grande abraço; comendo a torta que a Vovó fez especialmente; e, de novo, dizendo boa noite com uma camisola novinha em folha. E a árvore sempre bem atrás dela, com os anjos da Vovó e suas brilhantes faces brancas.

Naquela noite, quando fecho meus olhos para dormir, os anjos de Vovó são as únicas coisas que vêm a minha mente. Os anjos e eu, todos em fila, para uma canção. Cantamos "Noite Feliz". De novo e de novo. Ficamos ali cantando desafinados. Dançamos ao redor da árvore de Natal. Os anjos batem suas asas, e então eu vejo Mor – sim, é ela. Bem ali, na segunda fila. E Ariel. Ela também está ali, com sua pequena auréola, e também canta. E Robbie. Parece com ele mesmo, embora esteja usando aquele manto branco e asas brancas bem fofas. Robbie se agita tanto que suas penas se soltam. Pequenas, suaves e brancas. Os outros anjos batem incessantes suas asas. Nós estamos em uma tempestade branca de neve. Cantamos a noite toda. Até chegar a hora de um novo dia.

Na escola, em um mês você aprende tudo sobre história negra. Eu já havia aprendido sobre a maioria das coisas em minha outra escola. As principais são a escravidão e como Lincoln libertou os escravos, como eram diferentes as fontes de água e sobre Martin Luther King Jr. Há, também, mulheres negras na história: Rosa Parks, Harriet Tubman e Phillis Wheatley. Agora, ouço as histórias de um outro jeito. Elas me fazem pensar no dia em que Papai ficou triste porque o homem mais rápido do mundo morreu, e na época em que Mor e Papai diziam que nós éramos muito pequenos para ver filmes sobre a escravidão na televisão. Seja lá o que for que essas coisas tenham a ver umas com as outras, eu sei agora que elas tinham algo a ver comigo.

Brick

Brick entrou em vários quartos até encontrá-la. E então ele ficou parado na porta por um longo tempo, antes que o homem de uniforme militar ao lado da menina o notasse.

– Você está aqui por causa de Rachel? – o homem perguntou com a voz trêmula desviando o olhar.

– Sim, senhor. Meu nome é... – ele hesitou antes de dizer – Brick.

– Entre. Você não pode feri-la.

O homem usava um uniforme militar azul-escuro, gravata, camisa azul de mangas compridas, sapatos pretos engraxados. Havia cinco listras, como asas, na manga de sua camisa. Seu quepe estava sobre a mesa móvel, ao lado da cama da menina.

A profunda mancha roxa que havia no lado esquerdo da menina parecia uma marca de nascença. Um tubo se projetava de sua boca. Fios e máquinas estavam pendurados acima e ao redor da cama onde ela repousava.

– Eu ia tocar uma música para minha menina – o homem pegou uma gaita de prata do bolso, levou-a aos lábios e tocou uma canção muito triste.

O homem tocou a música uma vez, depois mais duas. Durante a segunda, Brick se empoleirou na cadeira ao lado do homem e fechou os olhos.

– Posso tentar? – Brick pediu quando o homem terminou.

O homem limpou a gaita com um lenço.

– Segure assim – ele disse, demonstrando para Brick.

O menino levou a gaita à boca, como o homem lhe mostrara. Soprou. E havia tanto ar dentro dele que, quando o soltou, sua primeira nota soou como uma buzina.

Os olhos da menina se abriram.

Brick recuou esbarrando na mesa móvel.

– Desculpe. Desculpe – ele repetiu as palavras diminuindo o tom de voz.

A menina fechou os olhos tão depressa como os abrira.

– Está tudo bem – disse o homem, segurando Brick. Suas mãos eram fortes e calmas. Então, quando Brick fez um ligeiro e suave movimento de retribuição, o homem pareceu desmoronar. Tomou o menino nos braços e caiu no choro. Quando finalmente o homem levantou a cabeça do ombro de Brick, disse: – Ela vai melhorar. Tem de melhorar. – Então, ele ficou em posição como um soldado e apertou a mão de Brick. – Você pode voltar quando quiser.

Brick foi visitá-la no dia seguinte, de novo. Quando ele chegou, o homem estava tocando a mesma canção. Brick permaneceu na porta até ser notado.

– Entre – o homem disse assim que percebeu a presença de Brick. – Eu vou lhe ensinar, uma nota de cada vez.

A camisa do homem estava amassada. O cheiro que ele tinha ontem, hoje era mais forte, por causa do calor.

O homem pegou uma garrafa que estava em seu paletó do uniforme e a colocou na cadeira onde estava sentado. Ele bebia.

– Não se preocupe, é assim que funciona.

Brick foi visitá-la, de novo, no dia seguinte.

O homem parecia estar esperando por ele. Chamou-o da cadeira onde estava, ao lado da cama da menina, colocando-o em seu colo.

– O que você se lembra da canção?

Brick pegou a gaita do homem e tocou uma música um pouco fora de ritmo.

– Nada mau. Nada mau.

Brick tocou a canção de novo e de novo. O homem às vezes fazia com que ele parasse, para lembrá-lo de uma nota esquecida. De minuto em minuto, o homem bebia da garrafa, que colocava dentro de uma bolsa de pano, depois de cada grande gole. Os olhos dele estavam vermelhos hoje, e as pálpebras pesadas. Havia manchas circulares em suas mangas e também uma marca na frente de sua camisa, que estava fora das calças.

A menina – metade dela tinha cor de vinho tinto – respirava no ritmo da máquina. O homem e Brick ficaram sentados silenciosamente olhando para ela por um longo tempo.

– Ela é sua namorada? – o homem perguntou enquanto olhava para Brick.

– Hã?

– Ela é sua namorada? Minha filha é sua namorada?

– Não, senhor – Brick tomou a pergunta como uma acusação. Ele não era culpado, e foi isso o que disse.

– Ela é muito jovem para os meninos. Você entende, certo?

Brick piscou. Era melhor concordar.

– Deixe-me te fazer uma pergunta – o homem fez uma pausa, depois tossiu, a última gota de sua garrafa descera por sua garganta. – Você já se apaixonou?

O rosto de Brick tornou-se um ponto de interrogação.

– É uma vadia. O que fará. Do que precisará.

Rachel

Não há nada melhor do que o fim do ano letivo, quando durante semanas não há nada além do verão. Exceto pelo Dia da Corrida. É a olimpíada do final do ano, e nossa classe é Guam. A senhora Anderson gosta da sonoridade desse nome e os outros bons países já tinham sido escolhidos.

Eu era a menina mais rápida do quinto ano. Quinto ano. Isso é porque eu corria mais rápido do que todos, exceto Eric Smith. Os professores o chamavam de Eric S. Nós o chamávamos de Eric Rápido. Havia também um Erik K, com um *k*. Nós o chamávamos de Erik Inteligente. Às vezes, quando corria, eu costumava pensar que podia ganhar de qualquer um, até mesmo de Eric S. Às vezes não pensava em nada, apenas corria. E a sensação era boa.

Não sei se aqui posso vencer qualquer um.

Hoje é o Dia da Corrida e Tamika Washington olha para mim. Ela tem me encarado; o está agora e começou há muito tempo.

Mas desde que eu cortei meus cabelos, Tamika Washington não me incomoda mais. Tia Loretta diz que ela tem inveja porque os cabelos dela não vão crescer. Agora que meus cabelos estão mais curtos do que os de Tamika, ela me chama de cabeça-afro, porque meus cabelos se enrolam do jeito que bem entendem e os dela são lisos e sem graça. Não entendo por que Tamika está olhando para mim desse jeito.

Tamika consegue que as outras meninas também olhem para mim do mesmo jeito. Ela tem um montão de amigas: Tonya, Keisha, Sierra e até Carmen LaGuardia. Eu tenho uma amiga e um namorado. Mas minha amiga é branca e meu namorado é secreto. Não tenho amigos negros.

As garotas negras não parecem gostar de mim. Talvez haja algo a meu respeito que lhes deixe desconfiadas. Tia Loretta diz que não há. Bons alunos nem sempre são populares entre seus colegas. Suas palavras exatas foram:

– Você faz com que eles tenham de trabalhar duro.

Quero ser uma boa aluna, e sei como fazer isso. Acho que ser uma boa aluna vai me ajudar a longo prazo. Penso no longo prazo da mesma maneira como tia Loretta. Eu, correndo, na calçada, passando pela antiga loja alemã de lacticínios e pelo Hospital Emanuel, ao longo da ponte Fremont, e pelas colinas que devem levar a algum lugar. Tia Loretta desejava que tivesse pensado no longo prazo, assim teria estudado mais, conseguido um emprego melhor e um marido diferente de tio Nathan, que não fosse tão engraçadinho e que não tivesse um tipo de câncer destinado a homens como ele. Você pode ficar muito triste se não pensar no longo prazo como braços abertos que podem lhe segurar.

A corrida começa. Eu corro. Corro mais rápido do que Tamika. E talvez esteja mais rápida do que Eric S. seria. Eu corro e corro muito. E cruzo a linha de chegada primeiro.

A cerimônia de premiação é no meio do campo de futebol, então todos podem me ver. Eu vou para o centro do campo. É Carmen LaGuardia, a estudante que preside a classe, que me entrega a fita azul com a medalha que vou carregar naquela tarde. Imagino como ela vai colocar a fita azul com o medalhão dourado ao redor do meu pescoço. Gentilmente, delicadamente. Depois, alisar a frente de minha camisa com um gesto carinhoso longo e suave. Ela vai pegar a minha mão, levantando-a em sinal de vitória, e todo mundo verá que a bela Carmen LaGuardia é como eu. Ela não é mais uma das quinze. E eu não vou mais me considerar como uma delas.

Estas são as primeiras palavras que ela me diz:

– Hummmm, garota. Você deixou os meninos loucos com seus peitos saindo para fora. Não tente roubar meu homem com eles.

Tamika é a segunda colocada e se curva, de tanto rir. Ela ainda está agachada quando Carmen LaGuardia coloca o pequeno medalhão ao redor de seu pescoço e então a cumprimenta batendo com a mão espalmada na da colega. Eu não choro. Tenho a garrafa azul. Tomo resoluções. Completo doze anos no mês que vem. É o Dia 223. Sou a nova menina. Tenho de ser a nova menina. Vou me encher da cor azul.

Roger

Quando Roger conheceu Nella, a união foi tão ardente que as janelas ficaram embaçadas de vapor. Isaac Hayes* tocava nas grandes caixas de som e a pista de dança estava lotada.

– Primeira vez, neste encontro, hein? Também é a minha primeira. Apenas visitando meu camarada Maurice, que está ali, e eu sou de Ramstein† – Roger disse, aproximando-se de Nella.

Roger gostava de garotas brancas, mas não das garotas brancas norte-americanas. Elas não lhe diziam muito, porque agiam como se você tivesse de ficar contente só porque roçava seu marrom no creme delas. Mas essas moças europeias, não. Elas ama-

* Isaac Hayes foi um cantor e compositor norte-americano. (N. da T.)

† A referência a Ramstein deve-se ao fato de que os norte-americanos tinham uma base militar nessa cidade alemã. (N. da T.)

vam os caras negros que conheciam perto da base norte-americana. Roger as amava, em retribuição.

Ele não esperou pela resposta de Nella. O sorriso já era um convite suficiente. E ela de fato sorriu, mesmo que fosse um sorriso escondido atrás de sua mão.

– Meu nome é Roger Morse.

– Nella Fløe.

– Nella Flow. Está pronta para se soltar? Você desliza quando dança?

Ele percebeu que ela não entendia tudo o que ele dizia: *juntar-se, soltar-se*.

– Você é daqui? – ele perguntou.

– Sou dinamarquesa – ela respondeu.

– Dinamarquesa, é? Garota dinamarquesa, como é lá? Na Dinaterra?

Nella riu.

– Dinamarquesa é porque sou da Dinamarca – disse. Ela era de uma pequena cidade na península, Herning.

– Her-kniiiiiiiiiiing – Roger falou, imitando o sotaque da garota, enquanto colocava a mão na perna dela.

Nella riu, mas não se afastou.

– Dinamarca. É de onde vêm todas aquelas histórias. As que a gente lê quando criança.

– Hans Christian Andersen?

– Sim, sim. Eu costumava curtir essas coisas, de pequeno.

Nella olhou para ele, sem entender.

– Gostar – Roger continuou –, curtir é gostar.

– Ah.

– Então, o que uma linda moça dinamarquesa está fazendo aqui? – ele perguntou.

– Praticando meu inglês. Depois vou voltar para casa, retomar os estudos – Nella respondeu.

Roger sorriu abertamente.

– Eu posso lhe ensinar um pouco da língua – ele disse, aproximando-se e colocando seu braço nos ombros de Nella.

Ela apoiou a mão na perna dele.

Eles dançaram aquela noite. Beijaram-se. Roger recitou para Nella alguns versos de Shakespeare que aprendera em um filme de Vincent Price*. Aquilo seduzia facilmente uma garota. Nunca subestime o charme de um garoto negro falando línguas. Aquele era o estilo pessoal de Roger.

Eles se beijaram um pouco mais. E, naquela noite, Roger não pôde fazer mais nada, apenas amor com aquela moça tímida que chegara de uma cidade pequena de um pequeno país sobre o qual ele nada sabia – exceto que, nas histórias do país dela, os desejos se tornavam realidade.

* Vincent Price (1911-1993) foi um grande ator norte-americano. (N. da T.)

[illegible]

[illegible]

[illegible]

[illegible]

[illegible]

[illegible]

[illegible]

[illegible]

[illegible]

[illegible]

[illegible]

[illegible]

[illegible]

[illegible]

[illegible]

Rachel

Tia Loretta me levou pela primeira vez para ver as Cataratas Multnomah, lindas cachoeiras localizadas há cerca de uma hora de distância de onde a Vovó mora. Só que elas não estavam em movimento. Todas as quedas-d'água estavam congeladas em uma corrente contínua que formava gigantescos pingentes, mantendo-se paralisada em um fluxo descendente.

A maior das cataratas é tão alta quanto uma catedral. Subimos os degraus da escada de madeira o mais alto que pudemos. O vento fustigava a parte de trás do meu pescoço, embora eu estivesse usando um chapéu e enrolada em um cachecol de maneira que só era possível ver meus olhos. Está tão frio que mesmo as bochechas de tia Loretta estão vermelhas.

– Aquele índio está se revelando em você – Drew diz e beija o rosto dela com sua respiração gelada.

Ficamos diante da cachoeira como se estivéssemos em uma igreja. Drew, tia Loretta e eu. Paramos na pequena ponte suspensa de madeira sobre a água e nos damos as mãos enquanto olhamos para o nada. A água não está se movendo.

Talvez umas oito pessoas estejam paradas ali perto também, olhando, inertes, a água que não se move.

Não há outras pessoas negras na natureza, hoje. Só nós.

O vento me pega agora pelos tornozelos. Minhas meias escorregaram na subida dos degraus até este mirante.

– Não houve jeito de trazer dona Doris aqui em cima, para ver isso – Drew comenta.

– Não há nada que faça com que mamãe queira subir escadas, em pleno frio, para ver nada exceto o Senhor em pessoa – tia Loretta comenta. – Mas se ela viesse...

Tia Loretta não termina o que está dizendo. Ela se concentra nas cachoeiras e movimenta suas mãos no ar, como se quisesse medir o que está vendo. Como se as estivessem enquadrando nas mãos.

– Você está sofrendo com esse frio, Rachel? – pergunta Drew.

– Sim, senhor.

Tia Loretta está se inclinando agora, e olhando para a cascata. Ela está hipnotizada. Acho que está chorando.

Drew também vê que ela chora.

Tia Loretta grita sem som, mas posso ver que um arrepio a percorre. Seria o vento frio? Drew está dizendo alguma coisa para ela. Ouço apenas a meio volume. O vento está batendo na minha orelha boa, e na outra ouço apenas um barulho, um zumbido.

"Quero ser aquela garota de novo", é só o que posso ouvir do que tia Loretta diz. Drew parece saber o que ela quer dizer e vai em direção a ela, mas eu me afasto. Não quero mãos em cima de mim.

Dou pequenos passos para sair da ponte. Ando devagar e com cuidado. Não consigo explicar do que tenho medo. É o olhar de tia Loretta, a maneira como sua voz soa pequena e dolorida. Talvez ela tenha presumido uma longa queda de gelo.

Quando finalmente saio da ponte, vejo que Drew ainda está abraçando tia Loretta. Mas subitamente ela o afasta e se recompõe, novamente de pé e firme.

Quando nos sentamos no saguão para beber chocolate quente, tia Loretta não parecia ela mesma, mas não aparentava estar abalada. Rimos porque Drew perdeu o chapéu. Um vento forte o roubou dele. Ele foi atrás, para pegá-lo, mas já tinha ido embora, voando na direção da corrente congelada que corria abaixo. Rimos por causa da mulher que disse que meus olhos eram bonitos, mas então olhou de um jeito bem engraçado para tia Loretta e Drew.

– Talvez ela tenha pensado que eu fui roubada – digo e dou risada. Mas acredito que o que vem a ser uma família não deveria ser tão difícil de se perceber. Deveria ser a única coisa que as pessoas identificam só de olhar para você.

– Se eu não tivesse esse bigode, seríamos praticamente gêmeos, você e eu – diz Drew.

Eu rio, mas tia Loretta não entra na brincadeira. Tia Loretta apenas sorri.

Tia loretta parece renovada depois do dia nas cascatas. Coisas velhas, descartadas, inutilizadas, ela vê como novas, diferentes e valiosas. Faz com que a Vovó guarde os saquinhos do chá matinal em um prato perto da torradeira. Ela quer meus velhos lápis de cor – os que estão quebrados ou bem pequenos. Recolhe folhas das flores que morrem no jardim da Vovó. Guarda seixos, embalagens e cascas. E faz coisas com tudo isso.

Tia Loretta sempre se enfeitou. Agora, ela decora a casa. Ela substituiu as espirais marrom-esverdeadas do sofá por um tecido marrom de estilo africano, com imagens de leopardos, zebras e elefantes. Perto das personagens de porcelana de reis e rainhas, colocou uma estátua de uma deusa Igbo*. Essa deusa representa a vida, a fertilidade e a nobreza. Tia Loretta está me ensinando sobre coisas africanas. Africano pode significar muitas coisas e é importante ser específico. Tia Loretta nunca foi à África, mas quer ir um dia.

Ela pendura nas paredes uma fotografia de um velho asiático usando um chapéu de palha e uma de um homem Masai, um tipo específico de africano, com uma túnica amarela brilhante. Vovó não gosta de nenhuma dessas coisas. Não quer que sua casa "pareça tão africana", ela diz que gosta de coisas respeitáveis. Vovó fica incomodada, mas não tira as fotografias ou as estátuas. Quase todo dia há algo novo: uma máscara, uma bugiganga ou algo pendurado na parede.

Vovó critica quando vê um cavalete de pintura no quarto de tia Loretta. Depois do dia nas cataratas, tia Loretta desenterrou do porão um cavalete, tintas e um avental de pintura.

* Igbo é uma etnia, assim como uma língua, da Nigéria. (N. da T.)

– Não faça bagunça – a Vovó diz. – Você nunca toma cuidado com a bagunça que faz.

Vovó está preocupada com a limpeza e a ordem e não tem tempo para coisas bagunçadas. Ela acha que tia Loretta também não devia ter. Um lagarto nunca vai se interessar por uma mulher com tinta sob as unhas ou cheirando a produtos químicos, em vez de pêssegos e sabão branco.

Agora, tia Loretta pinta todos os dias. Primeiro, ela pinta de memória. A cada dia faz uma nova pintura de cascata, em movimento ou não. Ela as chama de *Sem Título 1, Sem Título 2* e assim por diante, até que chega ao número 15. Ela nomeia as próximas *Personagem nas Cascatas, Mulher na Ponte nas Cascatas, O Sonho nas Cascatas*. Eu fiz títulos melhores, mas ela não os usou. Mas, então, ela me usa.

Tia Loretta quer fazer o meu perfil, e eu tenho de olhar para baixo. Não sei como ficar sentada e parada. Percebo que estou fazendo a mesma cara da estátua sobre a lareira.

– Engraçado, você tem a mesma ruga que seu pai.

– Tenho?

– Seu pai era o homem mais bonito de todos. Acho que algumas de minhas amigas eram minhas amigas apenas para poder ficar perto dele.

– Mas meu pai era também o mais inteligente – afirmo, porque é assim que me lembro dele.

– Com certeza, ele não conseguia soletrar, mas acho que isso é por conta do gênio. Consoantes duplas. Essas sempre o pegavam. Ele as fazia duplas quando não deviam ser e vice-versa.

Tia Loretta não fala muito enquanto pinta, mas eu lhe faço uma pergunta, mesmo assim.

– Ele gostava de alguma de suas amigas? Como Helen.

Tia Loretta ri.

– Acho que sim. Havia Helen. E mais algumas.

– Como elas eram? – pergunto. E por alguma razão, o que quero dizer mesmo é: Elas se pareciam com Mor? Ou elas eram como eu? – Todas elas eram de pele clara?

– Pele clara – ela repete. – Se eram de pele clara... a resposta é... talvez. Nunca pensei a respeito disso.

– Tia Loretta, quando você acha que ele vem me buscar?

Ela não responde à pergunta que eu faço. Em vez disso, diz:

– Ele foi ao hospital, Rachel – subitamente, o zumbido de Vovó no quarto ao lado não é o som mais alto na casa. – Naqueles dias, naqueles primeiro dias – ela continua –, ele segurou sua mão e acariciou suavemente seu cabelo.

– Mas então ele foi embora, em missão? Eu não lembro.

– Você estava muito, muito mal.

– Eu quase morri.

– Mas não morreu.

– Quando ele terminar a missão, vai voltar – eu digo.

– Rachel, você sabe que nós não sabemos. Não sabemos quanto tempo vai levar para que faça o que tem de ser feito.

– Ele poderia nos dizer?

– Não, minha querida, temo que ele provavelmente também não saiba.

Tia Loretta pede silêncio, de uma forma gentil, ao perceber que quero fazer mais perguntas. Tenho de permanecer parada para que ela me pinte. E, por alguma razão, penso sobre estar me sentindo sozinha, bem aqui, diante dela. E penso sobre as coisas que talvez façam Papai se sentir sozinho, bem na nossa frente, sua família. Ninguém sabia como cortar seu cabelo, ele tinha o cabelo pixaim bem esticado, como outras pessoas negras. E talvez, algumas vezes, até tivesse manchas em seus cotovelos e joelhos. Ele nunca nos disse que era negro. Ele nunca nos disse que nós éramos.

– A luz não está certa – tia Loretta diz.

"Ou eu sou uma modelo ruim", penso. Há alguma coisa oculta a meu respeito que ela não consegue pintar, tia Loretta diz, mas a palavra que ela usa é uma das grandes que eu aprendi: *indefinível.*

Tia loretta deixa de pintar pessoas e faz pinturas de animais. Eles parecem os animais africanos do sofá. "Mas não são os mesmos", tia Loretta me diz. Nunca ouvi falar de quagga (uma espécie de zebra) ou tilacino (o tigre-da-tasmânia) ou moa (uma ave ratita). E mesmo quando tia Loretta me explicou o que eram, ainda pareciam zebras, antílopes e avestruzes. Ela diz que esses animais são diferentes, que estão extintos.

Ela pinta esses animais em um pano de fundo azul ou vermelho que parece um céu ou um incêndio. Em suas pinturas, os animais estão em ação, no ar, dando saltos, cambalhotas e altos mergulhos. Eu os imagino pulando a ponte que se estende acima das cataratas. Não consigo imaginá-los no solo.

Tia Loretta diz que eles fazem parte de uma série que ela chama de Segredos da Extinção. Penso a respeito do que esses segredos podem ser. E penso em quem mantém o segredo, se você é realmente a última pessoa. Acho que talvez ela devesse chamá-los de Momentos da Extinção. Porque está pintando o que os leva a seguir para o fim. É uma coisa engraçada a se pensar: movendo-se em direção à extinção. E penso em como talvez eu já esteja extinta de um jeito estranho – não há nenhuma forma de fazer outra eu, nem eu posso. Mas isso não importa mesmo, porque jamais quero ter filhos.

Brick

Brick fez uma visita no outro dia, de novo.

Ele tocou a canção de duas notas quase próximo da perfeição, e o homem diz, com um sorriso:

– Você ouve como está tocando uma canção que não parece de jeito nenhum com uma buzina? Está tocando como um pássaro.

– Sim – Brick responde.

Os dois ficaram sentados em silêncio por um longo tempo até Brick lhe perguntar:

– O que o senhor faz?

– Sou um mapeador.

– Nossa.

– Eu mapeio onde eles podem bombardear os comunas, quando for a hora certa.

– Sério? – os olhos de Brick ficam arregalados. – Quem?

– Os nossos caras. Eles vão lá com grandes aviões e encontram os alvos com os meus mapas.

– Como?

– Sabe, não posso lhe contar nada disso. É confidencial. Sabe o que significa?

– Hã, hã.

– Secreto. Significa que é secreto. Os caras acham que não estamos em guerra, pois saímos do Vietnã. Mas sempre estamos em guerra, pelo menos enquanto aqueles comunas estiveram lá. Daremos um jeito de pegá-los. Quando chegar a hora certa, vamos pegá-los. Vou te mostrar – o homem se levantou e arrastou a cadeira para longe da cama da menina. – Vou transformar você no piloto. E vou chamá-lo de Charles.

Ele gesticulou para que Brick se sentasse e lhe estendeu um papel da mesa móvel. Depois, colocou seu quepe na cabeça do menino.

– Imagine que esse papel é o mapa que fiz – o homem disse, e deu um longo trago em sua garrafa e a colocou sob a cadeira. Então, estendeu a mão para Brick, com os dedos levemente dobrados, como se estivesse segurando algo.

O menino pegou do homem o que era apenas ar, mas Brick foi suficientemente cuidadoso para imitar a forma da sua mão. O homem explicou que Brick segurava um rádio do tipo *walkie-talkie*. O homem também tinha um.

Com a palavra "decole", o homem mandou o menino voar sobre a base alemã, sobre cursos de água e montanhas, sobre o solo do inimigo soviético.

– Você vê o alvo? – ele perguntou.

O garoto consultou seu mapa:

–Sim, senhor.

– Atire, a qualquer momento.

Brick largou os controles e pressionou o botão.

O homem fez o som de uma bomba explodindo, com um sussurro.

– Ok, consegui! – Brick levantou os braços, vitorioso.

– Não, não, não... você diz algo como... "a Águia pousou". Lembre-se! É confidencial. É tudo segredo. Tem de estar em código – o homem disse.

– A Águia pousou.

– Entendido. Volte – o homem disse e bebeu de novo, da garrafa.

Brick sorriu. Missão cumprida. O alarme soou de repente, como de costume, e uma enfermeira entrou no quarto para checar.

A enfermeira, vendo o rosto assustado do garoto, disse:

– Não se preocupe. Se isso acontece é porque tudo está indo bem.

O homem ajeitou seu quepe na cabeça do menino. E o cumprimentou.

– Quer ser como seu papai, hum? – a enfermeira perguntou e se virou para verificar a menina.

– Tudo bem, agora do que você quer brincar? – o homem perguntou depois que a enfermeira saiu do quarto. A garrafa estava na mão dele, de novo. Ele tinha um cigarro apagado na boca. Brick encolheu os ombros. Ele estava segurando o *walkie-talkie*, o papel do mapa, com a sensação de ser digno de um cumprimento. – Muito bem. O quê? – Outro longo trago.

– Não sei – Brick não conhecia jogos.

– Esconde-esconde. Quer brincar de esconde-esconde? – o homem disse como quem faz cócegas.

Brick riu.

– Esconde-esconde? Esconde-esconde? – O homem fez mesmo cócegas nele, laçando-o pela cintura, com braços fortes.

Brick gritou. Ele pensou que seu corpo não precisava mais disso, do toque que se assemelhava à alegria. Mas então as cócegas se tornaram fisgadas. O abraço do homem começou a enforcá-lo.

– Deixe eu lhe dizer uma coisa, Charles. Eu tentei encontrar você. Eu tentei! – O homem tinha um olhar triste e distante. Brick estava tremendo. – Você está bem? Eu não quis fazer aquilo, viu?

Subitamente, o homem estava chorando de novo e Brick se afastou, cruzando o quarto. Olhou para o homem do vão da porta, em segurança, e disse:

– Eu sei.

– INDO LÁ pra fora – Brick gritou para sua mãe, no dia seguinte.

Ele desceu os degraus. O vento fazia com que a gangorra do pátio batesse no chão de novo e de novo.

Brick sentou-se em um balanço molhado pela chuva da manhã. Ele deu um impulso forte o suficiente para não tocar a poça que havia embaixo dele, mas seus pés chafurdaram na lama, porque agora ele era bem grandinho e seus pés alcançavam o chão. Imaginou-se de volta à cabine do piloto, diante dos controles, cada batida de pés na poça, um golpe direto no solo inimigo.

– A Águia pousou. A Águia pousou. A Águia pousou.

Mas não era a mesma coisa.

Brick balançou lentamente para a frente e para trás, até parar. Seu reflexo acenando para ele na lama, ali embaixo. E então a água subitamente espirrou.

– O que você disse a eles, Pirralho?

Brick estava calado e tremendo.

– Hã? – disse o homem, agarrando seu braço.

Há semanas que Brick não via o homem que pegava pombos no telhado. Brick não fora mais visitá-lo desde que o grande anel do homem machucou a sua coxa. Ele não queria ser chamado de Pirralho, nem que o homem o chamasse de bonito. Além disso, Brick gostava de um pássaro muito mais sofisticado do que um pombo.

– Você disse a eles que eu estava lá em cima? Se eu quisesse, poderia dar um jeito em sua linda bundinha.

Brick não sabia o que falar.

– Olhe, cara. Só uma puta louca ia querer matar suas crianças. Aquela puta parecia mesmo louca. Eu não sou criminoso. Os tiras soltaram todos os meus pombos. Quebraram as gaiolas. Sabe quanto dinheiro eu perdi por causa de sua merda, Pirralho?

Brick permaneceu quieto.

– Agora você não tem nada a dizer, hã? – o homem agarrou forte o seu braço e Brick pôde sentir o anel lhe pressionando. – Olhe lá, Pirralho. Se alguém lhe perguntar de novo, diga a verdade. Fale pra eles o que estou lhe dizendo. Eu não vi nada. Tá, eu estava naquele telhado procurando novos esconderijos para minhas gaiolas. E talvez tenha sido eu que tenha quebrado a fechadura. Mas isso foi há meses e aquela puta louca ia pular de qualquer maneira.

Enlameado e molhado, Brick permaneceu sentado mesmo depois que o homem dos pombos o soltou. Permaneceu sentado mesmo depois que o homem dos pombos foi embora. Desde o momento em que Brick dissera seu novo nome, ele não tinha pensado na história que criara. Pensou nela agora.

Roger

– Espero que ela melhore.

A voz do garoto fez com que Roger acordasse. Ele dormira com a cabeça sobre a cama de Rachel. Ele levantou o olhar e depois ficou em pé e cumprimentou o garoto.

– Como vai? – Roger recebeu o menino, com a lama ainda molhada nos jeans. – Meio úmido lá fora, né? – Roger comentou. – Tome. – Ele pegou sua jaqueta da cadeira e a enrolou em Brick, como uma capa. – Melhor? – Roger queria apagar o dia de ontem. Queria abraçar o menino, mas em vez disso deu um tapinha no braço dele e disse: – Eles dizem que ela está melhorando.

– Talvez seja a música que esteja fazendo com que ela melhore – Brick fala.

Roger engoliu em seco, fazendo até barulho, e se virou.

– Senhor? – Brick perguntou. Roger olhava fixamente o espaço. – Eu não vi um homem.

– O quê? Onde?

– No telhado – Brick pegou o jornal do bolso, cuidadosamente dobrado. Ele o estendeu a Roger, que leu apenas a manchete em destaque: "Polícia investiga suspeito em tragédia familiar".

– Não quero ler essa merda – Roger devolveu o papel para Brick.

– Eu disse que vi um homem – Brick falou –, mas não vi. Só acho que talvez tivesse um homem lá.

– Eu não ligo a mínima para o que você pensa – Roger disse. – Você é um detetive, agora? Acha que algum homem fez aquilo? Talvez você tenha feito. Talvez eu tenha feito. Talvez eu fosse o homem. A polícia veio aqui perguntando sobre a mesma merda. Você sabe o que me importa? – Ele fez uma pausa. – O que me importa é que minha menininha melhore, se é que ela vai sair daqui, e que eu possa mantê-la a salvo de tudo. Inclusive de mim.

ROGER E NELLA realizaram seu casamento em um sábado, em uma igreja luterana de tijolos vermelhos na cidade natal dela, na Dinamarca, onde eram legais as uniões entre negros e brancos. Não demorou muito e tiveram um filho. Charles. Roger sentiu como se tivesse feito algo. Cuidar de algo no mundo que não fosse ele mesmo. Ele amava aquele menino. Mas o Pequeno Homem, como Roger o chamava, estava quebrado. Não havia nada de errado com ele. Dez dedos nas mãos. Dez dedos nos pés. Todas as partes necessárias, e sua mente sempre atenta. Mas ele estava sempre doente. Seu estômago doía. Seu nariz sangrava, sem razão. As palmas de suas mãos estavam sempre molhadas, porque ele sempre apresentava uma temperatura três graus acima da de qualquer outra pessoa. E seus olhos tinham aqueles círculos escuros de um homem de trinta e cinco anos.

A princípio, Roger achou que poderia dizer que o Pequeno Homem poderia se tornar mais forte.

– Não eram apenas você e o ganso? – ele segurou o Pequeno Homem em seu colo.

– N-n-n-nãooooooooo, papai – Pequeno Homem diria, fingindo lutar para fugir.

– Agora, você nem mesmo se lembra de ter estado lá, não é? Eu lembro. Lembro da noite em que você nasceu. Sua mãe estava comendo e bebendo como se não houvesse amanhã. Veja só, ela nunca perdeu aqueles quilos que você colocou nela, né? Você é quem deu à sua mamãe um belo traseiro de moça negra.

– Roger, o que você está dizendo? – Nella costumava chamar "os meninos" da cozinha, seu sotaque ainda era forte.

– Sim, agora você, Pequeno Homem, você é mais forte do que pensa. E, se bem me lembro, era você ou aquele ganso que sua mãe estava comendo. Então você veio. Primeiro, os pés.

– N-n-nãoooo, papai – o Pequeno Homem ria e tentava agarrar Roger pela cintura.

– Agora, lembre-se: você é um Morse. E os homens da família Morse são um grupo forte. – Roger pegava o Pequeno Homem e, segurando-o, o levantava no ar.

– Me ponha no chão. M-m-m-me pooonha no chão – o Pequeno Homem ficava rindo.

– Roger, pare de brincar de cavalinho. O nariz dele vai começar a sangrar de novo.

– Será, Pequeno Homem? Será? – Roger ia lançando Pequeno Homem no ar cada vez mais alto a cada pedido para descer ao chão.

Pequeno Homem ria descontroladamente até que Nella chegasse para fazer com que parassem. Roger pensava que, se pudesse passar alguma força para aquele corpinho, Pequeno Homem havia de superar os sangramentos nasais, as febres e as dores de estômago que nenhum médico conseguia curar. Mas Roger acabou se cansando do fato de Pequeno Homem estar sempre doente, e cansou-se de sua doença. Roger ficou farto de ser cuidadoso, de ver como seu filho era realmente fraco. Roger iria beliscá-lo, quando o nariz dele sangrasse, iria torcer a delicada pele amarela do braço de seu filho entre os dedos. Roger usaria sua voz militar.

– Pare com isso. Garoto, é melhor parar.

Ele amava aquele menino. Ele poderia matá-lo.

Roger contou a Brick que nos anos 1970 a melhor coisa era ser negro. Os brancos achavam que você tinha molejo. Pensavam que sabia música melhor e mais profundamente do que qualquer outra pessoa.

Como o único garoto negro em uma família de dinamarqueses – e porque ele conseguia desconto nas bebidas, com sua identidade militar –, Roger era sempre o centro das atenções nas festas. Eles tocavam Stevie Wonder, bebiam um pouco de cerveja, *seagram* e depois de *schnapps* para fechar a noite.

É assim que passamos todos nossos feriados. Roger, Nella e o garoto viajariam até o norte da Dinamarca para visitar a família de sua irmã, ou a família da irmã viria até a base na Alemanha. Desta vez, a irmã de Nella, Solvej, veio sem o marido, um pescador.

– Fique ligada, Nella – Roger dizia. – Vamos ter que chacoalhar esta noite. – Roger nunca dançara tão bem. – Vamos lá, Stevie, cante! – Roger amava as intervenções da gaita. Ele levou as mãos à boca, como se estivesse segurando uma.

Roger se sacudiu. Dançou e, antes, como era de se esperar, não tivesse começado a cantar. A irmã de Nella, Solvej, juntou-se a ele. Ela era uma garota do coro, esposa de um homem do mar. Uma mulher sem seu homem por perto. Ela estava se soltando, se liberando.

O dueto e a dança lenta de Roger com Solvej encerraram a noite. Mas então houve o beijo de boa-noite que durou um pouco mais do que deveria. Foi a primeira vez que Roger ouviu Nella levantar a voz. Ela chamou sua própria irmã de puta. Foi também a primeira vez que Roger bateu de verdade em uma mulher. De verdade mesmo. Ele não soube como isso aconteceu. Mas Nella caiu nos braços de sua irmã, chorando, e foi embora com ela. Roger estava quieto e bêbado e viu as duas irem embora.

Ele pegou um cigarro e se sentou.

– Minha pequena dinamarquesa vai voltar. Não vai? Não vai, Pequeno Homem? – ele disse. Pequeno Homem permaneceu atrás do sofá. – Venha cá, garoto – Roger usou sua voz mais macia. Mas Pequeno Homem continuou onde estava. – Garoto, eu disse para vir aqui! – a voz de Roger estava áspera. Com isso, o menino sentou-se a seu lado, fez com que seu pai pusesse os braços em torno de si, não como um laço, mas uma asa. – Nós vamos esperar. Só isso. Minha pequena dinamarquesa vai voltar logo. Ela virá para casa.

Era muito tarde, muito tarde e a música acabara. O homem e o garoto caíram no sono, juntos, ali no sofá, esperando, o cigarro ainda aceso na mão de Roger. Queimando.

Roger não sabia quanto tempo se passara quando acordou tossindo por causa da fumaça do incêndio. Onde estava o Pequeno Homem? Ele havia se soltado dos braços de Roger. Roger ficou gritando no meio das chamas. Pequeno Homem era de baixa estatura para sua idade. Ele podia se esconder bem. Podia se esconder em qualquer lugar. Onde ele estaria?

– Saia, saia, de onde quer que esteja!

O fogo subiu pelas paredes e engoliu a parte de trás da casa de madeira, rapidamente. Pequeno Homem não estava em lugar nenhum onde pudesse ser achado, Roger contou a Brick. Mesmo assim, ele continuou gritando o nome de seu filho, entre as chamas.

– NÃOOOO! – Roger gritou, como se estivesse revivendo aquela noite.

A enfermeira entrou, mais depressa do que quando os alarmes soavam. Ela checou os tubos e olhou para as linhas do monitor sobre a cama da menina.

– Qual é o problema?

Roger estava segurando a garrafa nas mãos e olhou para ela sem perceber o que estava acontecendo, atônito.

– Sinto muito, senhor, terá de sair, agora – a enfermeira disse. – O senhor terá de sair.

Roger colocou a garrafa, agora vazia, em sua mochila e colocou o quepe na cabeça. Vestiu a jaqueta que estava mantendo o garoto aquecido e pendurou a mochila no ombro. Roger ficou parado por um momento diante do menino e então lhe ofereceu a gaita.

– Isso é para você, um presente. – Ele se virou e beijou a testa de Rachel. – Conte para ela – ele falou, apontando o dedo para o garoto como se estivesse apontando uma arma. – Ela vai querer saber essa história. Conte o que ela nunca soube. Ela precisa entender. Sua mãe e eu, nós queríamos ficar juntos novamente. Tinha de ser depois de Charles. Ninguém mais nos compreenderia. Toda a história por dentro. Nella e eu, nós fizemos uma promessa. Iríamos construir uma família... segura. Agora está quebrada. Quando Nella me deixou com as crianças em maio... eles tinham ido embora há três meses. Agora eles se foram para sempre. Diga a ela – ele fez uma pausa –, diga-lhe que agora tenho certeza de que estará em segurança.

Rachel

Vovó queria que eu entrasse no coral da igreja, para que eu não ficasse pelas ruas. Alguém tinha atirado na vitrine da fábrica Wonder Bread há duas semanas. Aconteceu numa noite de sexta-feira. As notícias informavam que tinha sido obra de gangues. Não as que vemos na televisão, mas as verdadeiras gangues da Califórnia. Ouvir isso deve ter assustado a Vovó, porque foi quando ela me disse que eu não podia ficar fora sozinha depois que a noite caísse, nem mesmo para atividades escolares. A princípio, quando falou isso, pensei que ela soubesse do segredo sobre Anthony Miller e os beijos no vestíbulo. Mas já passou um ano desde a última vez que nos vimos. Agora, Anthony Miller está com outra garota. Mas se ele quisesse me encontrar lá outra vez, eu iria.

Eu não faço escândalo com a Vovó sobre essa coisa de ir à igreja. Digo que vou pôr o vestido amarelo.

– E SAPATOS que COMBINEM – Vovó continua, com suas maiúsculas.

Ela encontrou o vestido no brechó da Saint Vincent de Paul, com um preço de menos de cinquenta centavos de dólares e uma outra etiqueta de valor também. Não ficava tão bem com meu velho sutiã bege, mas com uma malha na parte de cima, acho que a Vovó acharia muito bom. Essa é a melhor maneira de ela apreciar as coisas.

Se você me perguntar, diria que não pareço comigo mesma quando uso roupas de igreja. Ou me sinto um ser que faça algum sentido. E, hoje, meu couro cabeludo está coçando porque Vovó me fez ir ao cabeleireiro para que eu ficasse mais respeitável.

– Nenhuma daquelas pessoas quer ver uma neguinha em sua igreja – Vovó diz.

Ela está feliz porque meu cabelo cresceu novamente. Eu não posso dizer que não gosto da aparência do meu cabelo. Está liso, agora, pela primeira vez, liso como era o cabelo da Mor. E está longo o bastante para que eu possa prendê-lo em um rabo de cavalo. Mas o cabeleireiro deixou o produto relaxante ficar tempo demais e queimou alguns pontos do meu couro cabeludo e, com a ponta de metal do secador de cabelos, também queimou minha orelha esquerda. Ainda estou com a cabeça sensível.

Duas semanas atrás, segunda-feira, foi meu primeiro dia de garota com cabelo liso.

Usar meu cabelo solto e liso é uma das razões pelas quais as garotas que ficam vagando ali fora do banheiro querem bater em mim. Elas dizem: "é melhor você ficar esperta ou vamos deixar você careca".

Isso é uma trança?

Você se acha tão bonita fazendo o cabelo balançar por aí.

A verdade é que nunca fiquei sacudindo os cabelos. Gosto de puxá-los para trás, como a Mulher Biônica faz na televisão. Puxo firmemente, com dois dedos, para o topo de minha cabeça, de maneira a mostrar minhas orelhas. E estou feliz porque não há mais emaranhados, ninhos ou nós de pixaim na parte de trás da minha cabeça.

Mas as pessoas olham para mim de um jeito diferente. Eu não pareço estranha, assustadora ou indefinida: eu estou bonita. Aquela beleza que era como a de Mor: meus olhos, e agora meus cabelos lisos. As pessoas também mudaram o jeito de agir ao meu redor. O senhor Barucci, meu professor de ciências, disse uma coisa realmente legal; ele falou que eu sou muito bonita, uma verdadeira obra-prima. Sorri um sorriso que esconde os dentes, e ele disse:

–Torna esses olhos mais extraordinários de se observar. – E colocou os dedos em seus lábios e mandou um beijo pelo ar. – Bela!

Tia Loretta e Drew passaram para dizer "oi", antes de ir jogar tênis. Tia Loretta se mudou para o apartamento de Drew há alguns meses. Eu gostaria que ela tivesse me levado junto. Tia Loretta vem nos visitar no mínimo duas vezes por semana, mas todas as vezes que ela vem, Vovó pergunta quando é o casamento.

– Estou trabalhando aquele lagarto – ela diz para Vovó, num falso sussurro, apontando para Drew, ao inclinar-se para dar-lhe um beijo de despedida.

– Ele é um galo – Vovó diz.

– Um galo? – tia Loretta ri.

– É um tipo de lagarto que toma conta de você – Vovó explica e range os dentes.

A mão de tia Loretta está na porta e eu posso ver como será bom o seu dia. Mal posso esperar para poder ir aonde eu quero sem alguém (Vovó) ficar me analisando. Quero sair numa manhã de domingo com meu namorado ao meu lado, com todo mundo vendo que tenho coisas a fazer. Comecei a cursar o colegial este ano, todas as minhas notas serão A e vou pensar longe. E quando tiver dezessete anos, irei para a faculdade e, então, verei o mundo. Eu acho que vou ser alguém como tia Loretta. Tia Loretta é uma mulher negra, o tipo de mulher que eu serei.

Tia Loretta atravessa a porta da frente devagar e eu vejo suas unhas vermelhas e seu brilhante anel de noivado. Vovó não estava certa: há tinta sob as unhas de tia Loretta, e isso não tem importância.

Tia Loretta está apoiada na porta com sua mochila de tênis no braço e Drew está bem atrás dela. Aquela luminosidade ainda está nela, acesa. Vovó reclama porque o lagarto não abriu a porta para sua filha. Tira Loretta para no limiar, prestes a sair de cena:

– Lamento que você não possa ir comigo hoje, doçura.

Tia Loretta diz que sou como uma guloseima. É gentil a maneira como ela diz isso. Quero dizer, o que ela fala soa como uma brisa morna do lago. E atrás das palavras eu ouço: "estarei de volta logo, logo".

O DIÁCONO JAMES sempre aparece para falar com Vovó sobre os ofícios religiosos. Ele tem mais ou menos a idade da Vovó, mas sem cabelos. É o único diácono na igreja Zion que não tem esposa, embora haja um monte de mulheres sem maridos. Isso faz dele um homem popular.

Às vezes ele senta perto de nós durante as cerimônias. Hoje, quando o diácono James viu a Vovó, ele segurou sua mão bem alto, no ar, e a girou.

– Senhora Doris – ele diz, o que faz com que Vovó pisque os olhos –, você com certeza está muito bonita para nossos ofícios de hoje.

Vovó cruza a perna esquerda à sua frente e coloca a mão no chapéu, fazendo pose, assim o diácono James pode gravar uma imagem dela em sua mente.

– Diácono James – ela diz –, estou me sentindo bem.

– E como vai essa preciosa jovenzinha?

Hoje eu sou preciosa e jovem, semana passada era doce e tímida. O diácono James não consegue se lembrar do meu nome. Nós últimos meses, desde que comecei a frequentar a igreja Zion para fazer a Vovó feliz, ele já me chamou de Heather, Wendy, Holly. O diácono James, como muitos caras da idade de Vovó, vem do Sul, da Carolina do Norte, para ser mais exata, simplesmente atravessando a ponte de Wilsonville – e não tem familiaridade com o nome Rachel. Gosto de preciosa e doce.

O diácono James senta perto de nós durante o ofício e eu sei que tenho de prestar atenção. É como sentar próximo ao diretor, durante uma assembleia escolar.

Nós ficamos em pé. Sentamos. Cantamos. Cantamos, mas eu apenas finjo que canto. Não posso fazer aquele som alto que Vovó faz, ou chegar aos tons suaves e altos que a menina que parece Tamika consegue em seus solos. Nós ficamos em pé e sentamos. E todo o tempo, se eu mantenho minha boca em movimento, ninguém percebe que nenhum som sai de meus lábios.

Acho que vejo o diácono James tocar o joelho de Vovó durante "Seu Olho Está no Pardal". Durante o próximo hino, ele toca um pouco mais acima, em sua coxa. Vovó parece não ter notado, ou não se importa, ou não quer ser indelicada.

Geralmente, o evangelho cantado é alto e tem muita alma. Faz você balançar, bater palmas e quase dançar. Amo esses sons fortes em uma igreja pequena. Por que eu não conheci o Gospel antes?

Mor costumava participar de um coro. Era um coro dinamarquês e ela nunca aprendeu a fazer Gospel como na igreja Zion. O Gospel tem estilo.

Estou na igreja ouvindo Gospel, quando a nada cuidadosa tia Loretta tropeça no cadarço de seu sapato na calçada esburacada do tribunal público do parque Irving, desabando sobre um pedaço de vidro que ninguém tinha visto, fazendo um movimento de tênis. E assim ela cai, e corta sua face.

–Ah, bom Deus – Vovó diz –, ela cortou seu rosto.

– Ao menos não perdeu um olho – eu digo, tentando acalmar Vovó.

Mas a única imagem que tenho em minha mente é de tia Loretta com seu belo sorriso marcado por um corte irregular e duas longas costuras mantendo os lados unidos. Com suas mãos encobrindo o sorriso, porque não queria deixar a Vovó louca ao olhar para a ex-princesa do Festival das Rosas, agora feia.

Vovó não quer que eu vá ao hospital. Ela diz que isso "é demais", que "uma jovem não precisa ver certas coisas", que "não é necessária tanta preocupação por Loretta". Ah, ela sempre cheia de razões. Naquela noite eu sento e rezo. Sem saber como. Eu vou levantá-la.

Apareço no hospital, de repente, com a ajuda de Drew. Não vejo tia Loretta há dois meses. Seu rosto tem uma cicatriz irregular, mas não é esse o problema, explica Vovó. Eles lhe deram medicamentos que fizeram com que ela ficasse doente. Isso a queimou por dentro e por fora e fez com que ela sangrasse. Sua pele descascou em grossas camadas e escamas. Acho que Vovó não entendeu direito. Ela não compreende muito bem coisas sofisticadas. Mas eu a ouvi falando ao telefone com as enfermeiras, e todos os dias com Drew, na cozinha, e ele diz:

– Não seja insensata, senhora Morse. Eles não podiam fazer ideia. Às vezes isso acontece, alguém pode reagir mal a um antibiótico. Eles estavam tentando ajudar.

Penso na sutura irregular no rosto de tia Loretta. "Será que Drew ainda ama tia Loretta?"

Drew me leva ao hospital e me indica o número do quarto da tia Loretta.

– Você sabe que posso me atrasar para o trabalho se quiser que eu vá com você – disse enquanto eu descia do carro.

– Posso fazer isso sozinha. Estou acostumada com hospitais – digo e aceno em despedida.

Tia Loretta está no mesmo hospital para onde eu fui, quando cheguei. A enfermeira me diz para colocar luvas, um avental e uma máscara. Mas, antes, tenho de lavar minhas mãos. Há um pequeno espelho sobre a pia. Eu quero parecer agradável, e pratico meu sorriso. E a maneira como vou dizer "eu amo você", sem olhar fixamente para como seu rosto está costurado com linha. Lavo minhas mãos e coloco as luvas e o jaleco.

– E a máscara, querida. Não esqueça – a enfermeira diz.

O cheiro de hospital para na porta. Então, tudo é rosa, com cheiro de sabão e pasta de dente. Posso sentir o aroma através da máscara: é tia Loretta.

Mas talvez eu esteja apenas imaginando isso. Este quarto tem um piso simples de ladrilho e máquinas com cilindros. Há tubos que saem dos equipamentos para mergulhar sob os lençóis da cama onde ela está. E há um tubo em sua boca, que impede seu sorriso.

Fico feliz que tia Loretta esteja dormindo, porque assim não pode me ver chorar. E também por usar esta máscara, porque meu sorriso recém-ensaiado desapareceu. Não posso mais criar o rosa e o cheiro de sabão e pasta de dente. A costura que une sua face tem um sangue marrom viscoso. Seu rosto está inchado, assim como seus minúsculos braços. O quarto está cheio de bipes sonoros e do ruído da máquina de respiração artificial.

– Você está bem, querida? – a enfermeira pergunta quando entra e anota os números do equipamento sobre a cama da tia Loretta.

– Sim, senhora.

– Simplesmente dê a ela todo o amor que você tem. É isso que vai fazê-la melhorar. Sua temperatura está caindo. Vê aquele número ali? – e ela aponta para a máquina com três linhas. – Isso é um bom sinal.

Estamos procurando sinais porque tia Loretta não pode falar e os remédios não podem ajudá-la. Foi a medicação que a deixou doente.

A enfermeira vai embora carregando um tubo, de algo que parece sangue, que estava na mesa ao lado da cama da tia Loretta. Existem grandes manchas brancas onde a pele dela está descascando, no lugar onde antes a cor era marrom. Eu torno essa brancura bonita. Não morna e crua, como parece agora, com grandes queimaduras. Agora ela será da cor das imagens de porcelana do armário especial da Vovó. Ela terá a cor perfeita para joias e longas luvas em adoração.

É assim que as pessoas morrem. Ficam doentes ou vão embora. Não é como fechar ou abrir uma porta, como tia Loretta fez aquele último domingo, quando a vi iluminada.

Laronne

Assim que Laronne abriu a porta do apartamento, um calor de lugar fechado, gasto, escapou e secou seus olhos. A única fonte de luz eram as duas janelas da sala. A eletricidade tinha sido cortada.

Seria fácil empacotar o que ficara ali. A maioria das roupas deles estava em malas abertas, encostadas ao longo da parede com dúzias de caixas de papelão para mudanças.

Laronne tirou os lençóis do sofá. Deve ter sido ali que Nella dormia, como uma visita em sua própria casa.

Laronne guardou a roupa de cama do berço, as toalhas, os talheres, o monte de panelas que estava sobre o fogão e os pratos que não estavam lascados.

No armário de remédios do banheiro, ela encontrou, na prateleira de cima, creme de barbear e, abaixo, um anel enferrujado, uma loção pós-barba e uma colônia Mitchum. Ela jogou fora as coisas do namorado. Limpou as outras prateleiras com uma passada de mão, sem querer saber a quem poderia ter pertencido certa escova de dentes ou de quem seria uma escova de cabelos. Laronne limpou a banheira, o vaso e o espelho que tinha folhas prateadas nas bordas. Esvaziou as prateleiras, retirando o anel enferrujado. Limpou o chão e também cada quarto a sua maneira. Limpou como se fosse um ritual de sua religião. Quando acabou, tinha um cheiro de limpeza branca.

Foi em um dos armários que Laronne achou uma grande sacola cheia de papéis e dois diários de capa dura, ambos repletos de anotações de Nella. Ali havia endereços, listas de compras, problemas de matemática e provas, rabiscos, listas do que fazer sem uma sequência de linhas, de um jeito confuso e sem qualquer lógica que Laronne fosse capaz de entender. Ela ficou imaginando se tudo estava escrito mesmo em inglês, porque algumas das anotações eram muito difíceis de ler.

Em uma observação datada de duas semanas antes do acidente, Laronne leu: "Ele estava bebendo com seu amigo quando sabia que o álcool não era permitido em casa. Ele não sabia que eu tinha voltado".

Uma parte inteira de rabiscos vinha a seguir, e havia uma marca de café no lado esquerdo da página. Talvez Nella tivesse deixado o diário para alimentar o bebê. Ou ido para a cama. Nem todas as páginas eram datadas. Algumas observações davam a impressão de que Nella voltara atrás para acrescentar novos pensamentos a suas primeiras impressões, como se ela estivesse as classificando. Em tinta azul ou vermelha, ela escrevera nas margens: "errado", "mentira", "estúpido" ou "ingênuo".

E embora Laronne não tivesse certeza de que fosse mesmo a última anotação que Nella tinha feito, na página final de um dos diários, ela leu: "Eles são meus. Se as pessoas não podem ver isso, como posso mantê-los a salvo?".

As lombadas dos dois diários estavam marcadas com os números 31 e 32. Ela procurou nas caixas para ver se podia encontrar outros volumes. Achou os números de 10 a 15 em uma das caixas, e 21 e 22, em outra. Recolheu, ao todo, vinte e nove diários espalhados em uma dúzia de caixas. Laronne colocou os diários na ordem. Então, leu a primeira página do mais antigo, datado de dois anos antes: "Este é o Dia 1. Meu primeiro dia sem bebida. Espero que possa continuar contando para sempre".

Quando Laronne saiu do apartamento de Nella, ouviu uma música. Parecia vir de uma criança que estava praticando, no apartamento de cima ou de baixo. Ela fechou a porta e viu um garoto, o mesmo que tinha ficado de vigília na capelinha. Ele estava sentado nos degraus da escada, um lance acima. Segurava uma gaita nas mãos.

– O que você tem aí? – ela perguntou.

O menino balançou a gaita no ar, mostrando a ela.

– Isso é muito legal.

Ele encolheu os ombros.

– O que você está tocando?

– Nada – ele disse.

O menino desceu cinco degraus, na direção ao andar onde Laronne estava. Ficou no nível de visão dela.

– Você vive aqui?

Ele balançou a cabeça, concordando.

– Será que você sabe... – ela balançou a cabeça indicando a porta do 6D.

O garoto ficou inquieto e então respondeu:

– Nós não éramos amigos – ele se virou e correu escada abaixo.

Laronne o seguiu e o chamou, antes que ele fechasse a porta de seu apartamento.

– Ei! – ela disse.

O menino hesitou durante um momento, que foi o suficiente para que a mão de Laronne alcançasse a maçaneta.

Ele abriu a porta com tudo.

– Ei – ela falou de novo. – Você não me disse seu nome.

– Jam... – ele começou. – Brick.

– Rick?

– Brick Thomas.

– Oi, Brick Thomas. Sua mãe está em casa?

Ele balançou a cabeça que sim, depois que não.

– Sua mãe vai voltar logo?

– Sim.

– Era você? No jornal?

– Sim, senhora.

– Você viu o que aconteceu?

– Senhora?

– Eles dizem que talvez houvesse um homem. Lá em cima. Você também o viu?

Ele ficou olhando para ela mostrando que não compreendia.

– No telhado, naquele dia, enquanto você estava brincando? Lá fora?

Brick permaneceu sem reação.

– Como ele era? Querido, se você sabe de alguma coisa, deveria contar – Laronne falou. – Você sabe, coisas que a gente guarda dentro... é o que faz isso... – Ela então retomou. – Eu sou Laronne. Aqui está meu número de telefone e meu endereço. Não moro muito longe. Eu preparo frango frito como ninguém. Sua mãe deixa você ir à minha casa, para comer um pouco de frango frito?

– Hã, hã.

Laronne deu a Brick o pedaço de papel em que ela havia rabiscado.

– Tudo bem, então, agora você pode ligar. Laronne vai fazer para você umas comidas bem boas.

– Sim, senhora, ele disse quando fechou a porta.

Naquela noite, quando Laronne declarou-se como tia, no hospital, as enfermeiras a conduziram ao quarto de Rachel.

Já tinha se passado mais de uma semana desde o acidente, e a menina estava começando a se recuperar. O hematoma de um roxo profundo que havia em seu lado esquerdo tinha se tornado vermelho-azulado. A enfermeira lavara os cabelos de Rachel, e os castanhos cachos emaranhados formaram um halo ao redor de seu rosto.

Rachel estava dormindo e tinha sido mantida assim por conta dos medicamentos que lhe davam. Os monitores e o respirador zumbiam. Os médicos disseram que levaria tempo, mas ela provavelmente teria uma recuperação completa, pois tivera a sorte de sua queda ter sido amortecida.

Laronne comprara presentes: um balão, um urso de pelúcia, um quebra-cabeças de um cavalo galopando por um campo aberto. E trouxera um livro de contos de fada e suas histórias com finais felizes, além de duas caixas de pertences de Rachel, que ela tinha empacotado do quarto dela.

Laronne ficou observando a menina dormir.

A avó de Rachel viria logo, a enfermeira disse. Tão logo ela estivesse suficientemente forte, eles levariam a garota, de avião, até o hospital da cidade onde vivia sua avó, no Noroeste.

– O pai dela foi embora. Os homens, eles não são capazes de lidar com nada – a enfermeira disse.

– O pai dela? Ele estava aqui?

– O bêbado tonto. Ele fez a maior confusão aqui, com Angela, outro dia, quando começou a gritar. Ela lhe mandou sair e ele jamais retornou, desde aquele momento – a enfermeira continuou. – Você deveria aparecer, quando a avó estiver aqui. Você é a única que realmente sabe alguma coisa para lhe dizer.

Quando a enfermeira se foi, Laronne pensou: "mas eu não sei nada para contar a ela, nada mesmo".

Laronne sentou-se de novo perto da cama de Rachel e observou a máquina que respirava por ela.

Laronne tinha perguntas, não respostas. As respostas poderiam estar nos diários de Nella, mas Laronne não podia ter certeza. Mentimos para nós mesmos de várias maneiras; nós escrevemos apenas aquilo que queremos entender e que queremos ver. Laronne tinha muitas perguntas apenas a partir das primeiras anotações que leu. Quem era Charles? O que teria feito essa ruptura em Nella? Teria sido um pensamento e, depois, um plano? Essas eram perguntas que deviam responder o por quê. Mas se Rachel ia viver com uma dúvida sobre o *que* havia acontecido, não seria mais fácil viver com a questão *quem*? Então, sem pensar duas vezes, Laronne enfiou na caixa dos pertences de Rachel o artigo de jornal. Era algo que Laronne devia a Nella, ela poderia devolver a mãe para sua filha.

Nella

Dia 744. Talvez não haja tempo suficiente para arrumar todas as caixas. Rachel e Robbie estão tristes porque não podem brincar lá fora. Sabem pas på, *eles me dizem. Mas não é seguro para eles brincar lá fora, neste lugar, enquanto estou no trabalho. Eles têm televisão. E em quatro semanas a escola vai começar. Podemos ir ao parque no fim de semana. E eu prometi uma ida ao parque de diversões, antes de a escola começar. Rachel sorriu. Isso não acontece muito estando aqui. Ela não fala quando Doug está aqui. Robbie cresceu quase quatro centímetros e Rachel, dois. Eles esperam ter crescido o suficiente para algum grande passeio este ano. O emprego que eu tenho é bom. As pessoas são agradáveis. Minha patroa também. Ela tem um bonito filho. Ele talvez se pareça com como talvez Robbie vá ficar. E com tudo isso, esqueci o aniversário de Charles. Foi há dois dias. Sinto falta dele, mais do que nunca. Estes dois eu vou manter a salvo. Eu prometo. Sei que é difícil estar aqui e eles não têm amigos. Eu beijo Rachel na cama, à noite, e vejo sua testa franzida, como se eu tivesse feito alguma coisa errada. Ela sente falta do pai. Eu beijo a testa de Robbie* god nat, *e lhe digo para não ter sonhos ruins, o que não ajuda. Como se ele tivesse as memórias de Charles. Como sendo dele, seu gêmeo. Quando a escola começar, vai melhorar. Ariel está bem e crescendo. Dorme a maior parte do tempo. Doug não está em casa. Espero que chegue logo. Às vezes penso que vir para cá foi um erro. Não imaginava que seria tão difícil. Durante todo o tempo em que fiquei grávida, Doug me deu ursos de pelúcia e brinquedos. Eu pensava que fosse para o bebê. Não. Ele disse. Era meu tempo de brincar. Ele me fez dar risada justamente como Roger tinha feito antes. Mas sem beber. Acho que agora Doug está bebendo de novo. Ele não diz nada, mas acho que está. Não deixo que as crianças me ouçam chorar. Um dia de cada vez. Hora de dormir. Amanhã cedo será um longo dia de trabalho.*

Rachel

Drew está chegando para jantar no domingo. Ele costumava vir todos os dias para saber como a gente estava, depois isso passou a ser semanal. Agora ele só vem de vez em quando. Vovó o chama de "lagarto de vez em quando". Ela ainda gosta quando ele vem, porque é bom ter um homem na casa – mesmo que ele venha apenas para uma refeição caseira e para ganhar uma massagem nos pés. Vovó diz isso toda vez que Drew aparece. E nós rimos. Ninguém realmente massageia os pés de Drew.

Vovó está usando um bom vestido, com avental, e limpa suas mãos na parte de dentro dos bolsos do avental enquanto cozinha. Ela fez seu feijão bem condimentado e um assado com molho e batatas de verdade, não aquelas que vêm em uma caixa branca onde se lê "purê de batatas". Para a sobremesa, há uma torta de pêssegos, que está esfriando sobre o fogão. Este é o primeiro dia, depois de um longo período, que Vovó parece mais ou menos feliz. Ela quer que eu fique debaixo de suas asas, observando como ela faz a comida para que possa alimentar meu futuro marido com uma refeição saudável. Ela me ensina a cortar as cebolas, as cenouras e a preparar o molho pardo. Quando me faz provar a torta, ela me oferece um pedaço com a mão que ainda tem gosto de cebola e sal.

– Cuidado, está quente.

– Eu sei, Vó.

Conheço apenas poucas coisas mais sobre a Vovó do que sabia quando vim morar com ela, porque algumas coisas que eu sabia tive de desconsiderar depois que tia Loretta morreu.

Vovó não faz mais jardinagem. E não tem mãos macias. Quando ela chega em casa do trabalho, cheira a seu perfume favorito, ainda forte, misturado com o suor do dia, o que me faz pensar em gasolina, como se ela fosse um incêndio pronto para eclodir.

Vovó não fica mais me observando de perto nem coloca aquele pó parecido com amido de milho em minha gaveta de roupas íntimas. Ela fala sobre se recuperar ou superar, como se não houvesse muito mais a fazer do que esperar pelo que virá ou não no dia seguinte. Então, hoje, quando Drew atravessa a varanda e dá flores para Vovó, as quais ela coloca no meio da mesa, não há nada melhor. Porque Vovó parece mais ou menos feliz, e talvez ela realmente vá massagear os pés de Drew hoje, apenas para se divertir um pouco.

Drew parece ser mais alto do que antes. Talvez seja porque eu esteja olhando para ele, agora, mais de cima a baixo, quando antes eu o observava com tia Loretta a seu lado, fazendo uma imagem deles em minha mente.

E talvez ele pareça tão grande porque suas mãos se mostram largas nos ombros de sua filha adolescente, que ele trouxe consigo. Seu nome é um dos que nunca soam tão extravagante ou harmonioso quanto deveriam. Lakeisha é a filha de quinze anos de Drew, que vive na Carolina do Norte, com sua mãe, e está de visita para o feriado.

– Prazer em conhecê-las – Lakeisha diz, sorrindo e segurando na mão um pedaço de goma de mascar que ninguém nota, exceto eu.

– Vá e pegue uma de suas malhas para Lakeisha. Ela vai morrer de frio – Vovó diz, resmungando, enquanto põe os braços ao redor de Lakeisha, que veio à nossa casa sem seu casaco.

– Estou bem, senhora. Obrigada.

– Da próxima vez, diga à sua mãe que você tem de carregar um casaco consigo. Não se pode ir a lugar nenhum sem um casaco de inverno – Vovó fala.

Drew nos apresenta e diz que acha que seremos boas amigas. – Talvez vocês possam brincar juntas.

– Estou muito crescida para brincar – Lakeisha diz, como se fosse jogar fora alguma coisa. Ela tem a Carolina do Norte em todas as vogais e, mesmo assim, sua voz lembra a de Drew. É engraçado como as pessoas podem soar como parentes.

Quando sentamos para jantar, Lakeisha pergunta se ela poderia dar graças antes de começarmos a comer. Ela não come muito do pão recheado, o qual Vovó fez especialmente para Drew. Lakeisha diz senhor e senhora e assim, sem mais nem menos, Vovó quer saber tudo sobre ela. Ela faz perguntas e fica toda agitada. Diz a Drew que ele tem uma boa menina.

O que posso dizer é que Lakeisha não tem nada do que eu acho importante. Não é uma boa aluna e fala muito alto.

O jantar acaba e Drew diz que quer me dar algo, um presente.

– O que é? – pergunto.

– Uma coisa especial.

Eu gosto quando as pessoas me dão pistas de como devo responder.

– Não tenho um presente para você – digo.

– Ele não precisa de presentes. Abra – Lakeisha fala.

Eu abro o pacote sem rasgar a embalagem. Dentro, há dois livros. O menor tem o título *Black Skin, White Masks**, de Frantz Fanon.

– Esse é de minha parte. Talvez seja difícil ler agora, mas guarde por um tempo. Leia quando estiver pronta – ele diz. – Acho que não li senão depois da faculdade, mas gostaria de tê-lo encontrado antes. Loretta estava lendo, ela começou a ler... – sua voz se apagou.

O segundo livro é uma coleção dos contos de fada de Hans Christian Andersen.

Drew põe sua mão em meu ombro.

– Este também estava entre as coisas de Loretta. Tenho certeza de que ela queria que você o tivesse.

A capa vermelha de tecido estava puída no canto direito inferior. Passo minhas mãos na lombada, com suas desvanecidas letras douradas. Na parte de baixo da capa interna, vejo o nome de meu pai, Roger Morse, escrito com uma cursiva arredondada, sua letra de mão.

Quero chorar, mas não choro. Quero folhear as páginas do livro. Talvez Papai tenha deixado algo mais ali. Quem sabe haja algo além de sua letra de mão ou de seu nome.

– Vovó, posso sair?

---

* Literalmente, *Pele Negra, Máscaras Brancas*. (N. da T.)

– Eu ouvi obrigada?

– Obrigada, Drew. Muito obrigada.

– De nada. Fico contente que você esteja feliz com isso.

– Vovó, posso sair?

– Você não vai se livrar de lavar os pratos.

– Não, senhora. Eu só quero guardar isso.

– Dona Doris, deixe as meninas irem. Eu dou um jeito na louça – Drew se levanta enquanto diz isso e tira seu prato.

– Hummm. Eu nunca tive homens cuidando de mim. – Vovó faz aquele seu sorriso de quem come lagartos, e dá risada.

– Vovó, posso?

– Você pode ir mostrar seu quarto a Lakeisha.

Lakeisha me segue até meu quarto. Antes mesmo de fechar a porta, ela já havia passado a mão por tudo o que estava sobre a minha cômoda.

– Ah, sua indecente. Sua avó deixa você usar isso? – ela pergunta, segurando um batom vermelho que eu peguei da gaveta de tia Loretta, antes que a Vovó empacotasse tudo para guardar ou jogar fora.

Lakeisha fala rápido e não me deixa responder. Ela já está com a fotografia emoldurada de Drew, tia Loretta e eu diante das cataratas congeladas.

– Sua mãe era bonita.

– Tia Loretta não é minha mãe.

– O quê?

– Ela é minha tia.

– Como era sua mãe?

Eu gostaria de poder dizer: igualzinha a mim, porém mais alta. Como se fosse eu, adulta. Se eu for descrever como minha Mor realmente era, ia fazer com que ela parecesse muito simples: longos cabelos louros, pele branca; ela falava com sotaque (e isso é importante, mesmo que não fosse algo que se pudesse dizer só de olhar para ela). Se eu a descrevesse para Lakeisha, ia fazer com que Mor parecesse com qualquer outra pessoa branca já vista.

– Minha mãe era de pele clara.

– Pele clara? Verdade? É por isso que você é tão clara?

– Sim.

– Minha mãe não tem pele clara, mas é bonita. Mais bonita do que ela, também – ela diz apontando para a foto de tia Loretta. – Como você não tem uma foto de sua mãe? Ela se foi?

Eu balanço a cabeça. Segurando o livro que Drew me deu perto das partes do meu meio, como um escudo. Eu gostaria que Lakeisha fosse embora.

– Você já beijou um menino? – ela pergunta.

Eu encolho os ombros.

– Meu irmão tem um amigo de quem eu gosto.

– Olha...

– Ele não é meu irmão de verdade. Ele é bonito. Mas seu amigo Damon é mais ainda.

– Também tenho um irmão.

– Onde ele está? É bonito?

– Não está aqui... hoje.

– Está com o papai dele, né? – Lakeisha diz isso com goma de mascar em sua boca, de novo. Ela faz barulho, enquanto mastiga e estoura bolas. – Vô trançar seu cabelo.

Ela pega a escova da minha cômoda e começa a pentear meu cabelo.

– Você tem cabelo bom. Aposto que pode deixá-lo crescer bastante.

– Acho que sim. – Meus cabelos estão abaixo dos ombros, agora.

– Se eu tivesse um cabelo como esse eu ia cuidar bem dele. – Ela finge que balança seus cabelos para os lados, nos ombros, quando me dá um soquinho no braço: – Você gosta de dançar?

– Não sei.

– Você sabe como fazer o *Pac-Man*? É cansativo, mas é fácil. Poderia mostrar a você. – Lakeisha fica em pé na frente da cama e faz o *Pac-Man*. Ela me empurra para fora da cama. – Veja, assim – ela diz, e faz o passo bem devagar. – Para dentro e para fora. Para dentro e para fora.

Seus pés parecem limpadores de para-brisa, quando ela faz o passo devagar. Mas depois ela aumenta o ritmo e parece uma dança.

– Você tem um rádio? – ela pergunta.

– Ali.

Ela vai até o outro lado da cama e liga o rádio. Quando ela faz isso, nós duas damos um pulo porque a música toca alto demais. Lakeisha diminui o volume rapidamente e ambas caímos na risada.

– Você ouve música de branco.

– Isso é jazz.

– Você não tem fitas gravadas nem nada?

Encolho os ombros.

Ela vai sintonizando várias estações de rádio. E para quando alguma sintoniza bem.

– Vocês têm umas estações de rádio péssimas – ela diz.

Lakeisha para de girar o botão quando ouve a "sua canção". Ela canta o refrão. Fica diante do espelho e desfaz suas tranças. Faz minha escova de microfone e canta:

– Estou guardando todo o meu amor... Sim, estou guardando todo o meu amor...

Quando a música acaba, ela se curva e bate palmas. Fico imaginando como ela parece tão corajosa. Não há uma só parte de si que ela tente esconder. Lakeisha senta comigo na cama e pergunta:

– Quer ouvir uma história?

Eu nem tenho de dizer sim, antes que ela comece a me contar.

Lakeisha conta uma história sobre a garota de sua escola que pensava estar abafando com um jeans branco e então ela se virou e dava para ver que tinha ficado menstruada sem perceber.

– Nós ficamos rindo! – ela disse.

Eu seguro meu livro, de novo, como um escudo, desejando que pudesse rir. Lakeisha também pode mudar sua opinião a meu respeito.

– Meu pai, ele me deu vinte dólares para ir ao cinema. Vô comprar pra mim uns doces e pipoca. Cê quer ir? Cê tem que ter seu próprio dinheiro.

– Não, obrigada – respondo.

– Não, obrigada – ela repete, me imitando em voz alta. – Por que você fala assim tão direitinho?

Dou de ombros.

– Meu pai disse que você é realmente inteligente. Eu acho que é retardada. – Ela faz uma pausa. – Não! Tô só brincano. Por que você é tão séria?

Fico contente que Vovó nos chama de volta à mesa. Vamos comer torta e depois nos despedir, e vou ficar livre para olhar cada página desse livro e encontrar o recado que Papai deve ter deixado para mim.

Drew recebe duas porções de torta com sorvete. Vovó é uma formiga, e come duas porções também. Ela não quer mais um lagarto ou um galo.

– Eles vão ter de amar tudo isso se quiserem o meu amor.

Eu penso em como a Vovó leva o amor na brincadeira. E talvez a chave seja essa.

– Dona Doris, a senhora é má. Dá mau exemplo. Cuidado com os tragos – Drew diz, apontando para a garrafa "secreta" de licor de cereja de Vovó.

Vovó gosta de provocar Drew. Ela alisa a frente de seu vestido, a parte que se estende pelo seu peito, e dá um lento sorriso de quem come lagarto.

Vovó diz que se sente mulher quando está sendo má. E Lakeisha comenta:

– Estou com medo da senhora, dona Doris.

Todos caem na risada.

Vovó coloca a torta no forno, de novo, para aquecê-la e servir outra porção a Drew. Ele adora quando o sorvete fica todo derretido por cima. Ele conversa um tempão sobre seu trabalho no Exército da Salvação, sobre como quer fazer a paisagem de seu jardim com rosas e também tomates, pepino e alface, e sobre o quanto está sentindo falta de sua doce Lo. Todos nós ficamos em silêncio, quando ele diz o nome dela.

Vovó é a primeira a dizer alguma coisa.

– Tá seno demais. Ah, Loretta. Tô sentino falta de minha menininha e de Charles...

– Você quer dizer Robbie, Vovó.

– Eu quero dizê Charles e Robbie e aquele bebê, também – ela diz. – Eu sei o que tô dizeno.

É difícil saber o que Vovó quer dizer, quando toma uns tragos.

E então Drew agradece e promete voltar logo.

– Rachel, quem sabe você queira vir conosco ao desfile, neste fim de semana? Há um bom lugar para ficar assistindo, em meu posto de trabalho, no Centro Albergue Iluminado do Exército da Salvação, em Burnside, não é nada sensacional, mas você verá de perto.

– Obrigada, senhor.

– Prazer em ter conhecido você – Vovó diz a Lakeisha, enquanto eles se encaminham para a porta. Ela faz um sotaque texano muito forte, volta-se para Drew. – Se cê ainda tivé com ela no domingo, vem pra igreja com a gente.

– É um convite gentil. Talvez a gente venha – Drew responde. – Lakeisha é mesmo uma boa cantora.

– Eu ouvi ocês com o rádio – Vovó diz, tocando as tranças de Lakeisha. Sei que ela desaprova tranças, mas hoje está aceitando as de Lakeisha.

– Lakeisha faz um solo no coral – Drew conta.

– Vocês querem ouvir? – Lakeisha pergunta.

Ela tira a goma de mascar da boca, e desta vez todo mundo nota. Em seguida, tira os óculos. E quando está no segundo verso de "Graça Extraordinária", Vovó começa a cantar junto.

Eu ouço uma voz que nunca tinha ouvido. O coral cantou isso no funeral de tia Loretta. Vovó canta agora, mas não cantou naquele dia. Ouço uma voz que nunca tinha ouvido. Havia dor nela.

Elas terminam a canção em perfeita harmonia. Estão de mãos dadas e ouso dizer que Drew está chorando, mas não tenho certeza. Tenho receio de olhar. Eu quero ser Lakeisha.

Ela está abraçando a Vovó, colocando para fora o sentimento de tristeza que ela tem, com uma canção. Tenho quatorze anos e sei que sou negra, mas não consigo fazer com que o som Gospel saia da minha boca. Não posso fazer com que os sentimentos de Vovó se mostrem. Eles se cumprimentam e Vovó abraça Lakeisha de novo. Eu posso ver o que Vovó vê em Lakeisha. É um reflexo.

Eu sinto cheiro de alguma coisa queimar.

– Deus do céu, o último pedaço de torta tá queimano – Vovó diz e corre para desligar o forno.

É TARDE. Drew e Lakeisha foram embora. Sob as cobertas, acendo uma lanterna e olho o livro. Não há nenhum recado de Papai, mas um de Mor, na página do título. Diz: "*Kære* Roger, juntos, todas as histórias terão desejos que serão realizados. *Jeg elsker dig*. Nella". E depois há uma data, do ano em que eu nasci. Acompanho as palavras com a ponta dos dedos. Então vou até a história que conheço melhor: a da ave que não sabia que era um cisne. Só que está contada de um jeito muito diferente do que eu me lembro. Há um egípcio, um caçador e um grande ninho confortável, do qual o patinho tem de sair. E ele não decide sair por conta própria. Eu fico pensando: o que será que Papai lembrava desta história? Qual foi o desejo que se realizou?

É tarde. Fecho o livro. Apago a lanterna. E toda a luz se apaga.

Nella

Dia 747. Hoje a mulher do quiosque ficou olhando fixamente para nós e perguntou se o pai das crianças era negro. Roger nunca foi negro. Ele era charmoso, alegre e bonito. E gostava de se divertir. Eu realmente me apaixonei por ele na primeira vez em que o vi, no clube da base. Nós gostávamos de ficar nesse clube, o dos aviadores, e de sair com os amigos, tomar uns drinques e dançar a noite inteira. Ele me levava a piqueniques nas proximidades da base em Loetzbeuren, trazia salgadinhos, como biscoitos, martínis em garrafa térmica e também um cobertor, para que a gente pudesse ficar se beijando. Nunca pensei que ele fosse negro. Quando ele disse que eu não podia engravidar, que não podíamos nos casar e eu perguntei por que não, ele falou que era porque eu sou branca e ele não. Eu não via qual era o problema. Muitas mulheres brancas estavam namorando soldados com pele escura e isso era normal para mim. Não penso nisso. Não disse nada para a mulher, hoje. Ela é rude e eu não lhe dei uma resposta. Roger diz que eu não consigo entender pelo motivo de na Europa não ser a mesma coisa. Ele nunca quis voltar à América. Será que em parte é por causa disso? A mulher estaria pensando que eu adotei meus filhos? Por que a mulher não percebe? Robbie, o pequeno escuro beijoqueiro. Ele parece com Roger, ao redor dos olhos, seu nariz. Sua boca parece com a minha. Rachel tem os olhos da mesma cor dos meus. Eles ficam mais bonitos nela. Ariel é como eles, quando bebês. Tem mais cabelos. Eles são meus filhos naturais. E assim se parecem.

Rachel

Lakeisha acena para as pessoas, lá embaixo, que vieram para ver a Parada do Feriado Luz das Estrelas. Estamos no terceiro andar do prédio do Exército da Salvação, onde Drew trabalha. A escada de incêndio, onde está Lakeisha, é provavelmente um dos melhores pontos para ver o desfile. Eu, em vez disso, me inclino um pouco para fora da janela. Mesmo assim, posso ver o letreiro da cidade sobre a ponte Burnside que, nos feriados, fica aceso durante o dia, com o nariz da rena fulgurando em vermelho vivo. O sol está brilhando depois da chuva matinal e dá para ver a montanha coberta de neve a distância, a leste. Lá embaixo, as pessoas vestidas com seus pesados casacos de inverno estão sentadas em cadeiras dobráveis alinhadas na rua. Passam as bandas, as líderes de torcida, os carros alegóricos e os de luxo bem decorados.

Não há uma rainha para esse desfile, mas parece que Lakeisha está praticando justamente para isso, ao acenar para a multidão abaixo. Lakeisha nunca poderia ser rainha. Seus óculos ficam embaçados. E ela movimenta o pulso rápido demais ao acenar. Acena de qualquer jeito.

– O amigo do meu irmão é tão alto como aquele cara. Aquele que está tocando trompete – Lakeisha diz, apontando a banda que atravessa a Burnside.

– Onde?

– Bem ali – ela diz e aponta. – Se você não fosse tão medrosa, poderia vê-lo melhor daqui.

– Eu não tenho medo.

– Você não veio aqui fora.

– Então... Está frio. Estou com frio.

Lakeisha tem os óculos embaçados e sua respiração faz como uma nuvem. Ela diz:

– Muito bem, gata medrosa, vamos lá conseguir alguma coisa para comer. De qualquer forma, isso é cansativo. Ver uma parada de um abrigo não é divertido. – Lakeisha rasteja em direção à janela, vindo da escada de incêndio. Ela usa meu ombro para se equilibrar e salta para o chão, quase me derrubando. – Maldição, venha!

– Então vocês estão com fome – Drew fala. – Bem, chegaram a tempo para o almoço.

– Não quero comer com nenhum vagabundo – Lakeisha diz.

– Lakeisha, você deve mostrar algum respeito. São homens. Eles estão tentando mudar.

– O cheiro está bom – eu digo.

– Sim. Temos uma refeição especial para o feriado.

– Por que eu não posso comer um McDonald's? – Lakeisha pergunta.

Drew lhe lança uma olhada severa e diz:

– Por que você não segue o exemplo de Rachel? Mostre um pouco de boas maneiras.

Lakeisha e eu entramos na fila com os outros. Nem todos os homens vivem no Centro. Alguns ainda permanecem na rua e fedem daquele jeito. Lakeisha segura o nariz, quando pega uma bandeja.

Sentamos o mais perto possível da porta, em uma mesa onde estão apenas dois homens, lá no outro canto. Lakeisha colocou apenas ervilhas e batatas em seu prato.

– Aquela comida parece cocô – ela diz. – Não vou comer comida de vagabundo.

– Tanto faz – eu digo, comendo o peru que enchi de molho. Não me parece ter um gosto tão ruim.

Quando a cafeteria fica lotada, o mesmo acontece com nossa mesa, e alguém senta ao meu lado.

– Boa tarde – o homem diz.

Nós duas olhamos para cima e, depois, desviamos o olhar. O homem parece um velho vaqueiro da televisão. Sua pele é toda enrugada, e bem bronzeada. Ele tem costeletas e longos cabelos presos para trás, em um rabo de cavalo. Mesmo que lhe faltem três dentes da frente, seu sorriso é o de quem está prestes a morder.

– Vejam só esses olhos – o homem diz e dá um leve toque em meu ombro. – Você vai ser uma verdadeira destruidora de corações.

Lakeisha olha por cima de seu prato. Ela dá risada.

– Desculpe – eu digo, levanto-me e levo embora minha bandeja.

Lakeisha vem atrás de mim.

– Quem é que não tem boas maneiras, agora? Por que você é tao presunçosa? Não quer um namorado vagabundo?

– Lakeisha está chegando – Vovó diz, no dia seguinte. – Cês vão tomar conta uma da outra. E nada de confusões.

– Por quê?

– Vou sair com Drew.

É aniversário de tia Loretta. Eles vão ao cemitério.

– Posso ir?

– Não. Agora, cale a boca.

– Eu só disse que quero ir.

– Calada. Não precisa ficar inventando caraminholas na cabeça. Vá e arrume seu quarto. Você vai ter companhia.

Lakeisha e eu comemos biscoitos feitos em casa pela Vovó e salgadinhos Doritos, que Lakeisha trouxe. Engolimos tudo isso assistindo a três episódios na sequência de um seriado na televisão.

– Vocês não têm TV a cabo?

– Não.

– É por isso que você não sabe dançar. Eu assisto à MTV. Eu e meus amigos sabemos a maior parte da coreografia de *Thriller*, apenas por ficar vendo. Quer aprender?

– Não.

– Como você pode ser tão chata?

– Não sou.

– Sabe de uma coisa? Uma vez, encontrei o controle de natalidade de minha mãe. E um pênis falso. Aposto que tem alguma coisa dessas por aqui. Vou lhe mostrar.

Lakeisha vai ao banheiro primeiro e, depois, ao quarto de Vovó, onde não estou autorizada a entrar. Nós olhamos nas gavetas e em todos os armários e, em seguida, descemos ao porão.

– O que é isso?

Sob a escada há caixas e caixas de objetos encontrados em doações, roupas velhas, e coisas de tia Loretta, e então vejo uma caixa a qual não reconheço, com meu nome. E não está escrito com a letra da Vovó nem da tia Loretta.

Quando abro a caixa, tudo parece errado. Que não é meu, não consigo reconhecer. Então percebo que eram coisas daquele dia: alguns livros, meu único par de sapatos, blusas, dois pares de calças, três bichos de pelúcia e os lençóis que estavam em minha cama. E o pijama que eu havia dobrado e guardado sob meu travesseiro.

E havia uma página de jornal, a B3, dobrada ao meio: "A polícia informa que continua sua investigação em busca de pistas. Algumas testemunhas indicaram que viram um possível suspeito... 'A única pessoa que talvez possa saber realmente', diz o capitão Ronald Veliveau, da polícia de Chicago, 'é aquela criança corajosa que, agora, está lutando para sobreviver. Ela talvez não se lembre. Ela talvez nem queira'".

– O que você está lendo?

Eu abracei o jornal, tentando manter minhas mãos quietas. Elas não paravam de tremer.

– Venha – eu digo, colocando o jornal em meu bolso. – vamos ver TV.

Quando Vovó chega em casa, ela está "acabada" bem cedo. Não é nem oito da noite quando ela vai para a cama. Uma garrafa inteira de bebida está vazia de novo.

Quero lhe perguntar o que ela sabe a respeito daquele dia, mas ela está dormindo profundamente, tanto que começou a roncar.

No alto do telhado Mor nos disse coisas que ela lembrava a respeito de sua própria infância: como ela guardou o osso da sorte em sua caixa de joias até realmente precisar ter um desejo realizado; como ela sempre jantava comendo um alimento de cada vez. Ela nos contou sobre todas as coisas que tinham importância para ela, sobre tudo o que contava e como tudo se agregava a uma infância que ela nunca antes havia se dado conta de ter sido tão boa.

– Matemática era minha matéria favorita na escola – ela disse em dinamarquês, disse que se encontrava melhor nos números. Ela gostava do fato de sempre haver uma só resposta.

Naquele último dia, Mor nos levou até o alto do telhado, ela havia calculado a diferença entre o que nós não podíamos ter e sua capacidade de nos observar desejando. A diferença entre sua dor e a nossa, ela decidiu, media nove andares de altura.

Eu nunca contei a ninguém e talvez devesse ter feito isso. Aquele dia havia um homem. E se ao menos eu tivesse contado, então Mor não seria a única culpada por tudo.

Nella

Dia 751. Sou uma estúpida. Ele estava bebendo com seu amigo, mesmo sabendo que o álcool não é permitido em casa. Como Roger, ele queria se divertir. Divertir-se o tempo todo. Ele disse que isso não é divertido. Não é divertido. Acordar no meio da noite, por causa do bebê. Dormir três horas. Ir para o trabalho. Ver Rachel e Robbie tristes. As crianças deveriam brincar lá fora no verão, mas não é seguro. Eles não conhecem o lugar. Dizem que estão entediados. Eu os levo ao parque no sábado e no domingo. Levei para casa livros da biblioteca para as crianças lerem. Doug diz, de novo, que não vai mais beber em casa. Diz que vai parar. Será que foi um erro vir para cá? Não havia outro lugar para ir. Eu não podia voltar para casa. Doug diz que vai ajudar. Agora, ele sai à noite, às vezes. Não volta. Ah, não... o bebê está chorando.

Brick

Brick ficou paralisado ao ver a cicatriz acima do olho esquerdo do filho de Laronne. Talvez ele tenha sido ferido por piratas e, depois, salvo. Talvez tenha lutado contra um monstro apavorante, que o arranhou com uma garra gigante. Ele sabia que a cicatriz não resultara de nenhuma dessas coisas ou de nada parecido – mas ter uma cicatriz tão grande e sobreviver parecia inacreditável para Brick. "Greg, o filho de Laronne, deve ter feito algo heroico", ele pensava. Mesmo que tivesse sido apenas o fato de não se apavorar tanto.

Brick não era nenhum herói. Ele estava assustado demais para voltar ao hospital; assustado demais para brincar lá fora, caso fosse encontrado pelo homem dos pombos; assustado demais até mesmo para voltar para casa, desde a noite em que os policiais tinham vindo.

Ele se escondeu embaixo da cama, quando percebeu que vieram por sua causa e não por um dos novos amigos de sua mãe, queriam saber "o que *ele* sabia sobre o acidente", informaram. A mãe dele estava profundamente alterada ao abrir a porta e quando disse que o menino não estava em casa – mesmo que já estivesse escuro e passasse das nove da noite – ela realmente achava que ele não estivesse.

Brick passara todas as noites, desde aquele momento, na casa de Laronne. Sua mãe parecia não se importar. Laronne o mandava para a escola com um almoço empacotado, igual ao que fazia para seu filho. E todos os dias eles se dirigiam, juntos, ao ônibus.

Greg era bom nessa coisa de bancar o irmão maior. Primeiro, que ele era maior que Brick. Segundo, sabia um monte de piadas, de todo tipo, desde trocadilhos até pegadinhas, e gostava de compartilhá-las com Brick. Terceiro, ele era rápido com as mãos, tão rápido que sempre conseguia alcançar Brick no pega-pega. E, quarto, sabia dezenas de histórias de fantasmas e monstros, que contava para Brick todas as noites, sussurrando no escuro do quarto que eles dividiam.

Brick ficava meio arrepiado com essas histórias de Greg. E, na verdade, gostava disso. Não tanto das histórias de monstro, mas coisas aparovantes já faziam parte de seus sonhos.

– Aquele cara em Atlanta agarrou outra criança ontem – Greg disse.

– Chega desse tipo de conversa na mesa de jantar – disse o marido de Laronne, David.

"Cuidado com o homem dos pombos e fique a salvo do ladrão de crianças", Brick pensou.

O filho de Laronne encarou Brick e fez um som de monstro.

– Rrrrrrrrrrrrrrrrr.

Brick teve um sobressalto e tossiu, engasgando-se com o leite.

– Já disse que chega – David gritou. – Você não vai parar até que suas malcriações sufoquem o garoto até não poder mais. E basta de conversa sobre aquela maldade. Ele não é só um ladrão de crianças. Ele é um assassino de crianças.

– Sim, senhor.

O jantar prosseguiu, em silêncio, até que bateram na porta.

Laronne foi atender. Quando Brick ouviu Laronne chamar o visitante de "senhor" e, depois, de "oficial", ele escapou da mesa.

– Minha barriga está doendo – ele disse, e saiu correndo para o banheiro.

Brick ouviu o oficial de polícia se apresentar.

– Acreditamos que vocês possam nos ajudar com a investigação sobre Nella Fløe e seus filhos. Quero checar algumas informações com a senhora.

– Vocês já encontraram o namorado? Ele está sumido desde o acontecido.

– Estamos verificando isso. Não o encontramos.

– Sabe... – Laronne disse. – Você deveria falar com Brick. Ele vive alguns andares abaixo do apartamento de Nella e seus filhos. E disse que viu um homem lá em cima, naquele dia. Brick? – ela gritou. – Brick? – chamou novamente. – Ele está aqui... de visita.

– É o garoto que disse algo ao jornal?

– Ele mesmo – ela continuou. – Bom garoto.

– Não dá para imaginar o que pode estar se passando com ele, por ter visto aquilo – o oficial comenta. – Deu trabalho para encontrá-lo por causa do nome diferente. Fomos falar com ele, alguns dias atrás. Sua mãe disse que ele não estava em casa, mas pela sua aparência não parecia que ela soubesse o que se passava.

Laronne bateu na porta do banheiro.

– Brick, você está bem?

Brick abriu a porta devagarinho.

– Sim?

– Querido, você pode vir dizer ao policial o que viu?

Laronne não lhe perguntara nada sobre o acidente, desde o dia em que haviam se encontrado na escada. Ele considerava aquilo um segredo deles, uma ligação especial – o que ele sabia, o que ele não disse.

– Você pode dizer a ele – ela falou. – Não precisa ter medo daquele homem.

Brick estava pensando no homem dos pombos e em como seria fácil para ele encontrá-lo. Estava pensando no que o homem dos pombos lhe mandara contar. Estava pensando na confissão de Roger: mas não podia imaginar as mãos de Roger daquele jeito, empurrando um menino, uma mulher ou uma menina apenas para ver como eles iam voar. Mas ele disse: "*Talvez eu tenha feito*". Pensando em todas essas coisas, ele não sabia ao certo a quem culpar.

– Você viu um homem no telhado? Qual era a altura dele, filho? Era negro? Branco? O quê? – o policial perguntou.

Brick encolheu os ombros.

– Bem, como ele ia saber disso se o homem não passava de uma manchinha, lá em cima? – David disse, olhando para Brick.

– Senhor, essas são perguntas padrão. Estamos tentando formar uma ideia a respeito de quem estamos procurando. Filho, você sabe?

– Sim – Brick disse e então tentou descrever um homem que jamais tinha visto. – Mais ou menos um metro e oitenta... cabelos cor de laranja. – Parou. Mas aquele era alguém que ele tinha visto, pensou. Aquele era o homem que estava no fim da escada, no dia seguinte ao do acidente. Era engraçado como a imaginação funcionava. Ele podia fazer a descrição de um homem apenas pensando em alguns que tinha visto. – Quero dizer que talvez poderia ter sido um chapéu laranja. Um gorro de esqui. E uma camisa azul. Era assim que ele parecia ser – Brick disse.

O oficial escreveu cada palavra que ele disse. Era fácil essa coisa de imaginar.

– O que mais você consegue lembrar? Alguns outros detalhes?

Brick pensou no que mais poderia dizer.

– Grande anel em seu dedo. Alto. Branco, talvez.

– Parece com um *punk* com quem falamos na semana passada – o oficial disse.

– O homem dos pombos? – Brick perguntou.

– Ele é o homem que você viu?

– Doug – Laronne interrompeu. – Talvez ele queira se referir ao namorado. Ele tinha cabelos alaranjados – Laronne disse.

– Algo mais, filho?

– Não senhor.

– Isso é tudo? Você pode nos dizer o que vai acontecer em seguida? – Laronne perguntou, quando o policial guardou seu bloco de anotações.

– Olhe, senhora – ele respondeu –, não temos muito o que fazer com o que temos. E ninguém quer ter certeza a respeito disso, de qualquer forma, sem magoar.

– Mesmo assim, temos de tentar descobrir – Laronne disse. – Não temos de descobrir por quê?

No dia seguinte, quando Brick viu o ônibus escolar chegando, ele disse ao filho de Laronne:

– Esqueci minha lição de casa. Tenho de voltar.

Quando o ônibus arrancou, Brick correu. Disparou ao longo de dez quarteirões, até o pátio de seu prédio e olhou para cima, na direção da janela do seu próprio apartamento.

Ele estava certo de ter visto a mão de sua mãe fechando a cortina. Continuou olhando para a janela fechada até que ouviu vozes de garotos atrás dele, correndo para pegar o ônibus, como ele também deveria fazer. E ficou olhando para cima todo o tempo. Dessa vez, nada caiu do céu.

Laronne

Quando Laronne foi ao hospital novamente, viu uma mulher negra corpulenta se balançando, na cadeira próxima à cama da menina.

– Desculpe-me, senhora – Laronne disse, tocando o ombro dela.

A mulher olhou para cima, com uma expressão vaga.

– Eu empacotei as coisas do apartamento – Laronne disse. – Será um prazer mandar as caixas para a senhora, se quiser.

A mulher ficou olhando fixamente para ela.

– Naquelas caixas há coisas de Rachel – Laronne informou, apontando para as duas que trouxera alguns dias antes. – Pensei que ela poderia... bem... – Laronne fez uma pausa. – O restante das coisas também está empacotado e pronto. Espero que tudo bem assim. Eu quis ajudar. Era a patroa da mãe dela.

– A mãe dela... Isso não descreve o que aquela mulher era. Nada a descreve. Não quero nada daquela mulher. Fique com tudo. Pode jogar fora.

A mulher voltou a balançar e a mexer no cabelo da menina.

– Você vai ficar bem. Doris vai resolver tudo agora mesmo.

Brick

Na rodoviária, duas noites depois, com o dinheiro que encontrara e o que roubara do casaco, da bolsa e da jarra de moedas de sua mãe, Brick reuniu o suficiente para comprar sua passagem e sair da cidade.

– Cidade de Kansas, isso? – disse o motorista do ônibus quando pegou o bilhete.

– Sim, senhor – foi o mais longe que seu dinheiro pôde levá-lo.

Ele verificou o mapa na biblioteca da escola, como Roger faria, olhando alvos e território inimigo. A princípio, escolheu o ponto mais distante que pôde encontrar de Chicago: Los Angeles.

Mas, então, Laronne lhe disse que aquela menina do cabelo pixaim dos olhos azuis logo iria para um hospital em Portland, Oregon. Será que ele sabia onde ficava isso?

Brick sentou em uma poltrona na parte da frente do ônibus. Ele trouxera uma escova de dentes, uma camiseta e a gaita que ganhara de Roger. Nos últimos dias, guardara os biscoitos e as maçãs de seu almoço grátis, e comprou o maior saco de sementes de girassol que encontrou na mercearia da esquina.

Sentado ali no ônibus, Brick se sentia heroico. A menina com os cabelos pixaim e os olhos azuis azuis não ficaria surpresa ao vê-lo? Seria mais ou menos assim: "Oi, meu nome é Brick. Eu vivia uns andares abaixo ao seu. Conheci seu pai e ele pediu que lhe contasse isso". E Brick começaria a contar a história que Roger lhe contara e depois iria tocar a canção dela. *Hum. Mmmmmm. Hum.*

Foi uma longa viagem até a cidade de Kansas e Brick ficou feliz por ter acabado. Durante a semana seguinte, ele procurou por moedas perdidas e garrafas de refrigerante vazias para encontrar uma maneira de comprar a passagem para seguir viagem até o destino final. Ele se escondeu nas primeiras noites atrás dos degraus da escada, na intersecção entre os lances, e depois em um velho ginásio de boxe que havia perto da rodoviária. Ele aprendera a arte da invisibilidade. Fique quieto. Balance a cabeça afirmativamente. Fale somente quando falarem com você.

Brick não estava acostumado aos sons dessa cidade. Os bêbados – que, durante o dia, eram estudantes, bancários ou balconistas de lojas – chegavam ao local, na maioria das noites, quando as ruas estavam vazias, e batiam à porta do estacionamento para bicicletas tão alto que era o suficiente para acordá-lo. Às vezes ele despertava com o barulho de pequenos eventos, que vazavam para a rua, vindos do salão de massagem, quando um dos homens velhos não pegava a garota de costume, ou ainda dos cachorros latindo, quando os jovens finalmente saíam do bar.

Os sons da rua o assustavam menos que os de seus sonhos. Ele ficava feliz quando podia acordar antes de gritar. Essa noite ele não conseguiu. Seu grito atraiu a atenção de uma mulher jovem e de um homem que também haviam procurado abrigo naquele ginásio.

– Porra, garoto, você quase me fez mijar nas calças – o homem disse.

– Você pensou que fosse um monstro! Ha, ha, ha – a jovem deu risada, gozando dele. – Ele é uma criança. Só uma criança.

– O que você está fazendo aqui, garoto? Vá embora.

Brick estava paralisado.

– Se você tiver algo para pagar a gente, pode ficar.

– O quê? – Brick perguntou.

– Aluguel. Este ponto é nosso. Você pode ficar se tiver algum dinheiro para o aluguel.

Brick lembrou que estava a apenas um dia ou algo assim de ter moedas suficientes para pagar outra passagem de ônibus. Ele havia trocado o dinheiro que conseguira por notas e as escondera em sua meia – um truque que vira uma vez um dos amigos de sua mãe fazer com uma faca. "Por favor, por favor", pensou. Não podia perder mais tempo procurando um lugar para dormir. E não tinha dinheiro sobrando.

– Deixe o menino em paz – a mulher disse.

Brick podia perceber que ela tinha dinheiro. Tinha dentes bons e usava uma corrente de ouro com uma pérola. Mas estava vestida do mesmo jeito que outros sem-teto que ele vira perambulando pela rodoviária e pelo centro da cidade. Sua juventude parecia desgastada, tão borrada quanto seu delineador preto. O garoto sabia que eles eram viciados e não queriam machucá-lo. Assim como sua mãe, esses dois também só precisavam de sua dose para seguir adiante.

– Eu não tenho nenhum dinheiro – Brick disse.

Quando o rapaz começou a vir em sua direção, em vez de correr, Brick se encolheu. E tratou de ficar bem pesado, mas não o suficiente para impedir que o jovem o sacudisse para cima e para baixo, da mesma maneira que as crianças da vizinhança faziam, por esporte ou por uns trocados. Tudo que estava nos bolsos de Brick – uma bolinha de gude, a notícia de jornal e sua gaita – caiu no chão. Mas não o que estava escondido em sua meia. O homem o colocou no chão.

Brick levantou sua calça e ajeitou a jaqueta suada sobre os ombros pequenos.

– Isso é tudo o que você tem? – o homem disse, examinando a bolinha de gude, o recorte de jornal e a gaita.

Brick balançou a cabeça, afirmativamente.

Voltando-se para a garota, e levantando a gaita, o homem disse:

– Quanto você acha que a gente pode conseguir por isso?

– Você consegue merda por isso. Mas se tivéssemos um macaco tocando a gaita, a gente podia ficar rico, chapado e feliz. – Ela riu de sua própria piada. – Oi, macaco. – Brick percebeu que o jovem se referia a ele. – Você toca.

Aquilo era uma pergunta ou uma ordem?

O cara bateu na cabeça de Brick, tão forte que o menino tropeçou.

– Toque – não era uma pergunta.

O rapaz estendeu a gaita a Brick, que tocou, lentamente, a melodia que Roger lhe ensinara. Ele tocou a sua própria alma. Era como se a gaita pudesse soar sem a sua respiração. Respirava sem pulmões.

– Belo trabalho, macaquinho. Vou deixar você passar esta noite aqui e amanhã você vai com a gente para a rodovia. Aposto que vai descolar alguma coisa boa para nós.

– Ele é uma gracinha. – A jovem dava risadinhas cada vez que falava.

– Você tá vendo isso? – o rapaz disse, voltando-se para ela. – Ele fez uma cara de maquinho triste e tocou aquela coisa. Garota, a gente vai se dar bem. As pessoas vão nos ajudar se a gente tiver um filho.

E então eles se beijaram, um longo beijo indecente, que fez com que a garota se agarrasse ao jovem.

Brick não era um macaco ou algo parecido, mas se sentiu como um, até que a mulher olhou para ele, naquele momento, e disse:

– Parece assustado. Você está com medo?

– Sim, senhora.

– Não me chame de senhora. Tenho dezenove anos. Meu nome é Lisa.

– Ele não precisa saber nomes. Ele tem é de tomar conta de seu traseiro de macaco.

– Vem aqui, macaquinho – a mulher chamada Lisa disse.

Brick caminhou para ela com passos tão curtinhos como se estivesse em uma corda bamba.

– Você gosta de ficar abraçado, não é, macaquinho? Venha aqui, junto de mim.

O braço dela estava ao redor dele e ela aninhou o rosto dele em seu peito, apertando-o contra seus seios parcialmente nus.

– Essas tetas são minhas, macaco. Não me venha com história – o homem disse.

– Ele está assustado – Lisa falou. – Não vai ser capaz de tocar se estiver com medo.

– Dê isso a ele – o jovem deu a Lisa um pequeno comprimido branco. – Isso vai mantê-lo dormindo.

Brick pegou a pílula da mão de Lisa. Engoliu em seco. Depois de alguns minutos, a sensação era como se estivesse derretendo, suavemente, depois, como se tivesse derretido.

– Parece que você precisa de um pouco de amor – Lisa falou. Ela passou a mão na cabeça dele e, depois, acariciou seu ombro. – Você vai dormir, macaquinho. Nós temos um grande dia pela frente.

Rachel

O jardim da Vovó está morrendo e o olhar estranho permanece em seu rosto todo o tempo.

À noite, Vovó senta em sua cadeira de balanço, na varanda, onde pode ver os homens se inclinando sobre a janela dos carros que passam. Todo mundo sabe que eles estão vendendo drogas, mas a polícia não os impede. Eu digo à Vovó que é perigoso ficar ali à noite, mas ela não quer ouvir.

Quando Vovó se senta lá fora, fala sobre orgulho, em voz alta e para ninguém em particular. Sobre a forma como os caras negros se preocupam com muitas outras coisas, além de música e correntes de ouro. Ela só fica assim ousada quando está bebendo o licor de cereja que a senhorita Verle traz.

Na escola secundária, ainda não tenho uma melhor amiga, mesmo que agora saiba responder às perguntas de uma forma diferente.

Eu sou negra. Sou do noroeste, Portland. Os olhos de meu avô são dessa cor. Vivi aqui a maior parte da minha vida. Sou negra. Sou negra, eu sei.

Gasto muito do meu tempo lendo na biblioteca, aquela perto do colégio. Há uma nova seção de literatura negra. São quatro prateleiras cheias. Encontrei um livro de poesia sobre uma menina que tinha um pai branco e uma mãe negra. Nunca tinha ouvido falar de nada disso antes. E estou lendo o livro que Drew me deu, *Black Skin, White Masks*. Mas não tenho certeza se concordo com o que diz ali. Há um capítulo intitulado "O homem de cor e a mulher branca". Só esse título já me deixa doida. Não sei explicar por quê. O livro usa a palavra *Preto*, como eles chamavam nos velhos tempos. Jesse Jackson quer que a gente seja afro-americano, agora. Não sei se é uma boa ideia. Não conheço nenhuma pessoa negra que tenha ido à África. É como me chamar de dinamarquesa-americana, mesmo que eu nunca tenha ido à Dinamarca. Mas ao menos eu falo dinamarquês. Não conheço uma só pessoa negra que fale *swahili* ou qualquer outra coisa que os africanos falam. E então, ali, na página 173: "Onde quer que vá, um Preto continua um Preto". Isso me faz pensar em como as outras meninas negras da escola podem achar que quero ser branca. Elas me chamam de Oreo*. Não quero ser branca. Às vezes quero voltar a ser o que eu era. Quero ser nada.

Vovó continua dizendo que o que eu preciso estudar é digitação. Assim, algum dia, posso trabalhar em um belo escritório.

* Oreo é um tipo de biscoito de chocolate bem escuro, com muito recheio branco. (N. da T.)

– Uma jovem bonita tem de ir a algum lugar. Isso é fato agora. Tem que manter sua boniteza para si mesma e, depois, para seu marido.

A senhorita Verle concorda com a Vovó. Ela diz que uma jovem bonita pode conseguir tudo o que quiser, mesmo algo como um bom emprego em escritório. Vovó e a senhorita Verle pensam no cargo de secretária quando dizem isso, pensam que é uma coisa boa. Vovó acha que sonha alto quando diz que eu posso ter uma casa de três dormitórios em Albina ou em Killingsworth, ou talvez perto de Irving Park (ela chama esse lugar de Irvington), e um marido, e um Toyota com cheiro de carro novo. Ela quer que eu possa comprar qualquer coisa que deseje na Fred Meyer, sem ficar de olho se aquele item está em oferta e sem me preocupar em conseguir bônus de promoções. Ela acredita que comprar, a cada mês, na Meier & Frank, um chapéu e um vestido novo para ir à igreja domingo é viver em grande estilo.

Vovó pode até ver essas coisas quando fala a respeito delas e gesticula como se estivesse dando grandes pinceladas no ar. E da forma como Vovó pinta seus sonhos para mim, o céu é baixo.

Os sonhos de Vovó vêm de tanto ouvir sobre o extremo Norte, onde ela cresceu em uma fazenda do Texas, em uma estrada que nem nome tinha. O sonho de Vovó é maior que sua vida. Imagino os sonhos de Mor: ter um marido, uma família, amor. É assim que eu os listaria. Mas então, penso de novo nisso, "seu sonho tavez fosse sentir-se da maneira como se sentia com Doug, daquele jeito como ela sorria fácil, ria fácil, brincava fácil. Ao menos no começo. Depois, o teto de seu sonho foi ficando mais baixo também".

Às vezes eu penso que Vovó e Mor eram dois lados da mesma moeda. São dois lados de uma moeda que eu posso segurar em minha mão ao mesmo tempo.

Sei que não interesso mais à Vovó por causa de meus novos jeitos. Meus novos jeitos são contestar. Eu chamo de explicar. Meus novos jeitos são usar camisetas bem apertadas. Eu chamo de moda. Meus novos jeitos são prestar muita atenção nos garotos. Eu chamo de estar sozinha.

Há um novo menino no colégio, chamado John Bailey. Ele é jogador de basquete. É muito alto e bem bonito, e da mesma cor marrom que Papai. John Bailey reconhece que sou negra. A primeira coisa que ele me disse foi:

– Você deve ser a garota mais bonita daqui.

Acho que se pode dizer que ele, agora, é meu namorado. Ele gosta das camisetas que uso.

A primeira vez que beijei John Bailey foi no corredor de trás do ginásio. A segunda vez que o beijei foi em seu quarto, no porão.

Beijar John Bailey era realmente bom. Como se tudo o que estivesse no meu exterior, aquela parte que as pessoas veem, fizesse com que, tudo o que era realmente eu, se sentisse realmente bem. Quando John Bailey me toca, sei que essa é a pele em que eu quero estar. Às vezes, quando sua mãe trabalha à noite e ele não tem treino de basquete, vou para a casa dele, depois da escola.

Quando chego em casa tarde, digo a Vovó que estava na biblioteca.

– Garotas fáceis também vão à biblioteca – ela diz, e é como se estivesse olhando diretamente dentro de meu centro.

– Tá bem, Vó.

Fui pega. Como ela sabe?

– Não faça o que sua mamãe fez. Algumas pessoas não são feitas para cuidar de bebês. Especialmente algumas pessoas como sua mãe, que ficou se ofereceno praquele homem sem importância. – Vovó nunca menciona minha mãe. – Não é respeitável. Não seja como sua mamãe, farejano por aí como se o único nariz que tivesse fosse entre as pernas.

Então essa é a parte de mim que é Mor? É a parte de mim que quer ser tocada. É a parte que faz com que eu queira que alguém me toque.

– Você não conhece as boas partes de minha mãe – digo, e torço para não chorar.

– Uma mulher feita de partes é uma coisa perigosa – Vovó diz. – Você nunca sabe quando ela vai jogar fora uma parte que talvez precise. Sua mãe era uma dona louca.

E então eu grito com Vovó, como nunca tinha gritado antes com ela ou com qualquer pessoa, e falo:

– Você é uma maldita mentirosa, e a história no jornal prova isso. Minha mãe não fez porra nenhuma disso.

Mor subiu conosco os três lances de escada até o telhado. Ela carregava Ariel em seus braços. Robbie e eu, nós seguíamos dois passos atrás. Mor tinha nos levado ao teto três vezes naquela semana – a cada vez, chegávamos mais perto da beirada.

Nas noites na beirada do telhado, Mor abria seus braços, como asas, enlaçando nossos ombros, e respirava em nossos pescoços para nos manter aquecidos. Robbie e eu brigávamos para ver quem conseguia se arrastar até o colo dela.

Mor não parecia estar bem naquela última semana, desde sua briga com Doug. Robbie ficara dois dias sem seu remédio; as fraldas de Ariel estavam sempre molhadas. Os olhos azuis de Mor estavam apagados, com uma expressão confusa. Seus longos cabelos loiros caíam em mechas sem vida. E quando ela falava, eu podia ver o espaço do dente que ela perdera em uma briga com seu namorado. Eu não queria mais ser como ela; não queria sua pele suave e branca.

– Você não estava lá. Não sabe o que aconteceu – digo. – Lá em cima do telhado, havia um homem.

Laronne

Do telhado, Laronne podia ver o lamaçal onde estivera a capelinha. O conjunto de balanços – consertado para desviar a atenção daquilo que poderia ser um túmulo – brilhava de tão novo. Uns pedaços da fita amarela da polícia permaneciam em uma perna de banco.

"Para ela ter chegado até aqui, no telhado", Laronne pensou, "Nella deve ter imaginado que estava indo a um lugar como qualquer outro".

Subir os lances de escada com um bebê em seus braços e duas crianças a tiracolo. Um voo, depois dois. Nella deve ter pensado que estava indo a algum lugar.

Laronne gastou muitas noites lendo os diários de Nella. Ela até podia ouvir a voz suave de Nella em seus ouvidos enquanto lia.

Nos dois últimos diários – os que ela tinha escrito desde que chegara aos Estados Unidos –, a voz de Nella parecia uma súplica. Havia uma anotação sem data que Laronne sabia ser de algumas semanas atrás: "Eu nunca tinha pensado em meus filhos como negros. Como aprender tudo isso sabendo que pode machucá-los? Quero cortar minha língua fora se eu causar tristeza a eles... Fico tão triste de dizer essas coisas a eles. Quero que saibam o quanto eu os amo. Eu os amo e vou mantê-los a salvo". As palavras angustiavam Laronne.

Duas semanas antes do acidente, Laronne tinha elogiado o novo cachecol de Nella.

– Ora, muito obrigada – Nella respondeu, com um falso sotaque britânico, imitando as brincadeiras bobas de Laronne: "Vou tomar chá com a rainha", Laronne dizia, com um verdadeiro sotaque britânico, quando recebia um cumprimento.

– Aquele seu cara especial lhe deu isso? – Naquele dia, a voz de Laronne estava alta, como se ela estivesse falando com seus dois gatos. Era um tom bem próximo de quem vai fazer cócegas.

– Nada disso – Nella riu, como se tivesse sentido cócegas. – Foi dos meus neguinhos – ela disse isso com todo amor.

– Seus... ? – Laronne fez uma pausa.

– Meus neguinhos. É assim que Doug os chama. É tão bonitinho.

– Nella, não diga isso novamente. Não é bonitinho.

A primeira vez que Laronne ouvira a palavra – na primeira vez em que tinha lhe sido dirigida –, ela não tinha nem dez anos. Tição, neguinho, era tudo parecido. As palavras vieram tão rápidas que ela mal se deu conta de que era um tipo de linguagem. Ela estava esperando o ônibus, depois de participar das finais do concurso de soletrar da cidade, em que fora desclassificada na segunda rodada, porque soletrou a palavra *fugitivo* com um *a* no final, então era hora de voltar para casa. Mesmo assim ela se sentia bem e cheia de si. Estava vestindo calças largas, de cavalo baixo, de seu primo mais velho. Eram um pouco pequenas para sua estatura, mas tinham sido compradas em loja e não feitas à mão. Era de uma malha felpuda que ela gostaria de guardar para sempre. Ela também usava um casaco azul, de inverno, bem quentinho, com abotoamento duplo. "Da próxima vez", ela pensou, "vou estudar mais palavras".

Quem sabe por que as crianças decidem intimidar as outras... Começou com um chute de poeira, lançado contra Laronne. Os meninos brancos, não muito maiores, nem muito mais velhos, esperavam pelo ônibus no mesmo ponto que ela, na parte boa da cidade. Chutando poeira para o alto, você sabe como é que eles fazem. Como se fosse apenas um acidente.

– Opa, desculpa.

E então eles deram risada.

Laronne tinha sido orientada a ignorar intimidadores. Mas os rapazes foram ficando mais atrevidos, eles chutavam a poeira e riam e riam cada vez mais, e então disseram: "Opaaaaaa, desculpa, menina pula brejo". "Opaaaaaaa, desculpa, cara feia." "Desculpa, cabeça de vento." "Desculpa, neguinha." "Desculpa, pretinha." E em seguida foi só *preta, preta, preta* cantado e gritado como se fosse uma das canções de maior sucesso na parada. *Tição, tição, tição, neguinha.*

A mãe de Laronne tinha sua própria versão da história de "A primeira vez que fui chamada de tição". O pai dela também tinha. Aquelas histórias todas passaram pela cabeça de Laronne, quando aquilo aconteceu com ela naquele dia. E não ajudaram em nada a fazer com que parasse de chorar. Não acalmavam.

– Nego. Nella, isso quer dizer nego.

– Ah, meu Deus. Ah, meu Deus – Nella falou. – Ah, meu Deus, não... eu não sabia. Ah, eu sabia sobre a outra palavra...

– Nego? – Laronne disse de novo, como se estivesse se antecipando a Nella, impedindo que a pronunciasse.

– Ah, essa é uma palavra terrível. Eu...

– É a mesma coisa. – A voz de Laronne estava mais carregada de raiva do que ela queria.

– Eu não sabia – Nella repetiu de novo, quase em um sussurro. – Você acha, Laronne... Laronne, você acha que as crianças sabem? É uma coisa que você simplesmente sabe... a palavra?

Laronne não sabia o que responder.

– Nella, eles sabem que você os ama.

– Mas eu nunca ia querer que pensassem que eu faria qualquer coisa para feri-los.

– Eles sabem.

– Quero que eles saibam de verdade. – E como num estalo, um segundo pensamento, Nella disse: – Eu não acho que Doug quisesse dizer... quisesse dizer isso.

Mas do jeito como Nella falou, Laronne não achou que ela tivesse tanta certeza. Qualquer que fosse a determinação existente na voz de Nella, derivava de um desejo de acreditar, e não de uma convicção, que aquele homem por quem ela abandonara seu casamento não fosse a pior coisa que poderia ter desejado a seus filhos.

Essas garotas brancas pensam que tudo o que precisam é amor.

O que será que Nella deve ter visto naquele dia? Não prédios altos ou ruas da cidade, nem o pátio sem árvores, abaixo. Por mais que tentasse, Laronne não podia apagar a vista. Mas Nella deve ter conseguido.

O que será que Nella viu? Não o solo, mas uma extensão. Era um passo, depois o outro, depois o outro. Foi isso que Nella viu. Foi isso que Nella fez. Ela estava viajando para onde seu amor era suficiente e poderia encher todo o céu.

Nella

Dia 759. Hoje eu quis um drinque. Mas não tomei. O que foi que eu fiz? Laronne me contou, hoje, sobre a palavra que Doug diz – não quero escrevê-la. Eu não sabia. Não acho que eles saibam o que significa. Eu nunca tinha pensado em meus filhos como negros. Como aprender tudo isso sabendo que pode machucá-los? Quero cortar minha língua fora se eu causar tristeza a eles. Não acho que Doug entenda o significado. Não acho. Não acho. Não sei como perguntar a ele. Logo ele vai chegar em casa. Ele diz que não está bebendo. Não tenho certeza. Quando volto do trabalho, ele está dormindo no sofá. Depois ele sai por aí, com seus amigos. Fico tão triste de dizer aquelas coisas a eles. Quero que saibam o quanto eu os amo. Eu os amo e vou mantê-los a salvo. Meus filhos não são metade negros. Eles também são metade de mim. Quero que eles sejam o que quiserem. Não são apenas a cor que as pessoas veem.

Rachel

– Se não é uma coisa, é outra. – Essa é a maneira de Vovó maldizer assim que vê a janela da varanda quebrada. – Senhor, tenha piedade se nosso povo não consegue entender.

Não sabemos ao certo, mas Drew tem quase certeza de que se trata de um dos garotos da vizinhança, que fica perambulando na esquina e jogou uma pedra para nos amedrontar. Eles estão fartos da gritaria da Vovó na varanda. Isso deixa a Vovó louca da vida, e também triste porque a vizinhança mudou muito.

– Mas então, fecharem o *drive-through* da loja de lacticínios é uma coisa – Vovó diz. – Mas não se sentir segura em sua própria casa... Quando eu vim pra cá havia a nata da nata do pessoal negro vivendo nos arredores. E o restante era gente que trabalhava duro, a maioria em estaleiros. Nada a ver com esses garotos destruindo coisas apenas para conseguir um par de tênis novo. Olhe para nós, agora.

Mesmo eu posso enxergar isso. As coisas não são mais as mesmas. Do outro lado da rua, a senhora Lewis colocou grades em suas janelas, e o vizinho ao lado arrumou um cachorro grande. Houve três arrombamentos nesta rua só no último mês. No quarteirão onde havia um supermercado de verdade, agora só há uma loja de conveniência, uma outra de bebidas, a igreja e um lugar onde você pode comprar perucas. O supermercado mais próximo fica a vinte minutos de distância, de ônibus. E alguém fez pichações no mural do reverendo Martin Luther King, no Centro comunitário da rua Alberta. Minha ex-amiga Tracy costumava dizer que eu vivia no gueto, o que me fazia pensar no programa de televisão *Bons Tempos*. Um gueto tem grandes edifícios e terrenos baldios, lixo por toda parte e barulho da cidade. Aqui, as casas são sobrados, têm árvores na frente e todo mundo tem um quintal. Eu sempre insisti com Tracy que ela estava errada, mas agora acho que tinha razão. Os guetos são diferentes de lugar para lugar, mas se você vive num deles, a sensação é a mesma.

– Dona Doris, não se preocupe – Drew diz. – Vou cuidar disso.

– Agora, como vou deixar essa criança sozinha, sabendo que aqueles vândalos tão tentano me pegar?

As malas de Vovó estão prontas há dois dias. Ela está partindo, de trem, para Seattle, para uma convenção da igreja.

– E se eu ficar por aqui, dona Doris? – Drew pergunta, oferecendo-se para dormir no sofá e se assegurar de que ficaria bem alimentada e em segurança à noite, enquanto ela estivesse fora.

A princípio, Vovó diz não permitir Drew fazer isso.

– Deixe. Tudo vai dar certo. Agora vou ligar para uma pessoa, para ver se posso dar um jeito nisso.

Vovó olha para mim de uma forma bem severa e diz: – Não dê nenhum trabalho a Drew.

– Sim, senhora.

É ESTRANHO ter Drew aqui em casa. Estou na cama com a porta um pouco aberta. Posso ouvir o programa de televisão ao qual ele está assistindo. Se eu me esgueirar para o alto da cama, posso ver a parte de cima de sua cabeça, através do vão da porta.

Isso me faz pensar: "Nenhum homem dormiu nesta casa, desde que Papai foi embora para se engajar na força aérea. E isso foi há muito tempo".

Eu me afundo nos cobertores e fecho os olhos. Estarei a salvo, esta noite. Não vou ficar sozinha.

ACHO QUE gostaria que Drew morasse mesmo aqui, sempre, porque ele faz torradas francesas para o café da manhã. Eu ganho duas fatias e ele, quatro. Ele não me pergunta por que eu seguro o garfo e a faca em mãos opostas enquanto como. É a maneira dinamarquesa. E quando digo "*Tak for mad*"* – que é o que você fala, quando termina uma refeição –, ele fala "muito bem, tá certo", e sorri. Quando ele termina de comer, dá um falso arroto e bate em seu estômago dilatado, fazendo movimentos circulares. Ele não é cheio de formalidades como a Vovó.

---

* A expressão *tak for mad* não tem correspondente literal em inglês, mas é um costume dinamarquês, para quando se termina uma refeição. Quer dizer algo como "bom apetite", que muitos povos usam antes de iniciar uma refeição. (N. da T.)

Drew lê não apenas um, mas três jornais durante o café da manhã: o *Oregonian*, o *The New York Times* e o *Wall Street Journal*. Ele começa pela primeira página, depois segue por todas as outras, até o fim, como se estivesse lendo um livro. Não olha para as charges como a Vovó. Drew não se interessa pela parte divertida. Ele quer saber o que está acontecendo no mundo. Tem todo tipo de coisa a dizer sobre a atualidade, sobre como a injustiça racial está pior do que quando ele estava crescendo, como o apartheid tem de acabar logo e Nelson Mandela precisa ser libertado, como o governo não dá a mínima importância a essas novas drogas, como o crack, que está tomando todos os lugares, como o ketchup não pode ser natural a ninguém, e em como ele nunca pensou que viveria para ver o dia em que jovens irmãos estariam se matando, uns aos outros, por pares de tênis. Ele continua, sem parar.

– E o que importa isso? – diz enquanto lê uma história sobre um protesto que aconteceu ontem, no centro da cidade.

Há cerca de um mês, um homem etíope foi morto na região sudeste por um bando de *skinheads* usando suásticas. Eles derrubaram o homem e bateram nele, até a morte, com um taco.

– Mesmo que o garoto etíope tivesse dado o primeiro soco, isso não é razão para bater nele até a morte com um taco – Drew remarca, como se estivesse falando comigo, mas realmente está falando consigo mesmo, em voz alta. – Preste atenção nestas palavras: não há como evitar o conflito.

Eu acompanho balançando a cabeça. Ele comenta as notícias desse jeito, como se estivesse conversando com o mundo, mas na verdade fala consigo mesmo. Eu presto atenção. Sei que ele quer que eu ouça o que diz.

NA MAIOR parte, o fim de semana transcorre como sempre. Eu vou à biblioteca. Vejo um pouco de televisão. É normal, porém, especial, uma vez que Drew está aqui.

Esta noite Drew vai sair e eu tenho de "segurar as pontas" sozinha durante algumas horas. Ele está demorando tanto no chuveiro que, se a Vovó estivesse aqui, bateria com o controle remoto na parede de seu quarto. Você pode imaginar como está quente a água pela quantidade de gotinhas que ficam suspensas na parte inferior do batente da porta. Não que eu esteja procurando saber algo, mas é que também tem um cheiro forte de sabonete vindo do quarto. O aroma é tão leve como o de uma floresta. Drew cheira tão bem como um pedaço de pão feito em casa.

Ele se vestiu inteiramente de preto para a apresentação de uma cantora de quem nunca ouvi falar.

– Etta James? Você nunca ouviu Etta James?

– Não, senhor.

– Nunca ouviu *blues*?

– Acho que sim. – E fico pensando se ele se refere a algo como velhos negros tocando guitarras em uma varanda, como eu vi na televisão.

– Acha que sim? – ele pergunta, e fala em uma voz bem baixa, como o diácono James. – Blues não é uma coisa que você possa achar que ouviu.

– Bem, é como jazz? Minha mãe costumava ouvir jazz.

– Mocinha, você tem de ser iniciada. Vai comigo esta noite.

– Senhor, eu não posso ir. É um bar.

– É um restaurante também. E eu não vou beber nada – Drew fala. – Vai dar tudo certo. Apenas não contaremos isso para dona Doris. Vamos. Vá se vestir.

Um programa especial com Drew pede um traje especial. Não roupas de igreja, mas o mais próximo que eu possa chegar de algo que uma mulher vista. Então, coloquei uma blusa preta que era de tia Loretta, uma saia preta, sapatos de salto alto e um broche violeta que Vovó encontrara, um dia, sob o banco do ônibus.

O RESTAURANTE está escuro e cheio de fumaça. Todo mundo parece saber o nome de Drew. Sentamos perto do palco.

– Está tudo bem? – Drew pergunta.

Claro que está tudo bem. Eu sorrio.

Sentamos e ouvimos a banda se aquecer por alguns minutos.

– Rachel, tem certeza de que estes são bons lugares? Não posso nem ouvir meus próprios pensamentos.

– Talvez porque eu só consiga ouvir metade de tudo – eu respondo, apontando para meu ouvido esquerdo surdo.

Drew pisca e inclina a cabeça para o lado. Ele é um grande ponto de interrogação. E fico imaginando o que ele realmente sabe. Sei que quando as pessoas perguntam como eu vim viver com ela, Vovó diz que minha mãe "não pode cuidar de mim". E ninguém jamais perguntava para onde tinha ido o Papai.

Não vou explicar para Drew o que quero dizer, porque gosto de pensar em mim deste jeito: como se nada de errado estivesse acontecendo comigo, nada mesmo. Balanço a mão para dizer "deixa pra lá" e volto a olhar para o palco outra vez.

É justamente quando chega a garçonete com batom vermelho-alaranjado e tranças amontoadas em cima da cabeça. Ela se inclina sobre Drew perto demais, eu acho, e o beija perto da boca e em sua bochecha.

– Quem trouxe com você?

– Esta é a sobrinha de Lo.

– Muito bem, Deus o abençoe.

– Estou cuidando de Rachel durante o fim de semana, enquanto sua avó está fora.

– Deus o perdoe... e trazê-la a um lugar como este é o que você chama de cuidar?

Eu olho ao redor, quando ela diz isso. É um restaurante, como bem disse Drew, porém está mais para bar ou casa noturna. Não há ninguém aqui nem próximo de minha idade.

– Ela vai ficar bem. É incorruptível. Tem também uma boa cabeça sobre os ombros.

– Então, o que posso trazer para você, docinho? – a garçonete pergunta.

Etta James é, como Vovó, uma grande e suave cápsula – e tem pele clara, como eu. Seu grave fica áspero quando ela canta as notas altas (e nas meio asquerosas também). Assim como tem tons suaves em sua voz, quando entoa canções que falam de solidão e tristeza.

A última, que é um bis, é uma música longa, lenta. Eu aplaudo e aplaudo de novo. E fico em pé, batendo palmas. Gostaria de dizer isso da maneira como a Vovó faria, se concordasse: "eu me gosto um pouco de Etta James!". Parece que é a única maneira de dizer isso, para que tenha um bom significado.

Drew dá risada.

– Eu gostaria que Lakeisha pudesse apreciar as coisas como você. Sei que tem sido difícil para ela, que eu não esteja perto. Mas aquela garota não se interessa por nada, a não ser por problemas. Dê-me a serenidade de aceitar as coisas que eu não posso mudar. É só o que eu posso fazer. Tento me fazer presente na vida dela: telefonemas, cartas. Mas são apenas palavras. E ela está tão crescida. Só que não amadureceu. Que Deus a ajude!

É como se eu não estivesse ali quando Drew fala isso, porque posso ver que ele está triste e não sei o que dizer para fazer com que ele se sinta melhor. Eu, pessoalmente, penso que Lakeisha não é muito inteligente. Porque se eu tivesse um pai como Drew me asseguraria de que ele sentisse orgulho de mim. Eu me asseguraria de que ele soubesse que gosto de tê-lo perto de mim.

Quando voltamos para a casa da Vovó, noto como é diferente ter Drew por aqui. Seu cobertor amontoado sobre o sofá e sua mochila meio escondida embaixo da mesa de café. E a outra coisa que noto não é algo que se possa ver, mas uma sensação. É aquele sentimento que Mor chamava de *hyggeligt*. Significa algo como conforto, lar e amor, tudo misturado e uno. Aquele sentimento desapareceu quando tia Loretta morreu, mas, de alguma forma, está vivo esta noite.

Depois que escovo meus dentes, vou até a sala para dizer obrigada e boa-noite.

– Não tem de quê – Drew responde. – Durma bem.

– Então, acho que agora sei o que é o blues – digo sorrindo.

– É mesmo? – Há um sorrisinho no rosto de Drew, não um sorriso que indique que ele vá rir do que eu disser, mas que ele vai prestar maior atenção. – O que você sabe?

– Bem, eu explicaria o blues desta forma: assim como é comigo, imagino que dentro de uma pessoa há uma garrafa azul, entende? – Eu me sinto frágil quando digo isso, mas bem. Nunca tinha falado com ninguém antes sobre a garrafa azul.

– Sim?

– A garrafa está onde pode ir tudo o que é triste, difícil de entender ou confuso. E o blues... é como essa garrafa. Mas na garrafa há uma semente que você deixa crescer. Mesmo dentro da garrafa, pode se desenvolver e ficar grande e verde. Está cheia de todos aqueles sentimentos que estão ali, mas bonitos e também em expansão.

– Sim, Rachel – Drew comenta. – Isso faz muito sentido para mim.

Na cama, mais tarde, fico olhando fixamente para o teto, por muito tempo. E penso: "E se Mor conhecesse a respeito do blues? E se ela tivesse pensado que às vezes há uma maneira de pegar a tristeza e transformá-la em uma linda canção?".

Vovó TIRA um dia extra de folga, porque os trens estão circulando com atraso.

Por mim, tudo bem. Ganho um dia para planejar um jantar de boas-vindas e uma celebração com três notas A no boletim de uma só vez. Drew também não se importa em ficar uma noite a mais cuidando de mim. Assim, a janela será consertada a tempo de Vovó voltar, e ela não terá de se preocupar com nada.

– Bem-vinda à casa, Vovó – eu grito quando ela abre a porta e fica em pé lá dentro, com a senhorita Verle bem atrás dela.

A mesa está posta com os melhores pratos e dois candelabros de velas acesas. Drew está em pé ao meu lado, com seu braço em volta de mim, como se estivesse mostrando um prêmio.

– Veja, ela está inteirinha. Você não precisa se preocupar com nada.

– E veja, Vovó, eu consegui as melhores notas, de novo. Olhe. – Eu estendo meu boletim, mas ela não pega.

– Bem, você não vai ganhar um A por isso – Vovó diz, apontando para a comida que eu fiz para o jantar. Está mais do que um pouco torrada na parte de cima. Na verdade, está queimada em alguns pontos e meio derretida, como se houvesse uma poça d'água no topo da crosta de queijo. Acho que coloquei muito queijo.

Vovó dá risada. – Ah, meu Deus. – Ela ri mais ainda. – Parece que eu não lhe ensinei nada.

– Mas vocês todos parecem muito à vontade, aqui, brincando de casinha – a senhorita Verle diz e ri.

Nunca prestei muita atenção na senhorita Verle, e Drew, definitivamente, também não. Não há por que falar com alguém que está bêbado o tempo todo, o que parece bem normal porque ela tem cheiro de bebida quando chega pela manhã ou perto do jantar. Ela cheira à bebida neste exato momento.

– Vamos lá. Vovó vai mostrar a você como se trata um homem. Não é assim. – Sem dar sequer uma olhada em meu boletim, Vovó pega minha mão e me leva até a cozinha.

A senhorita Verle nos segue, dois passos atrás.

– Drew – Vovó diz bem alto –, dona Doris vai dar um jeito em um franguinho. Espero que você fique.

– Dona Doris, você sabe que sim.

John Bailey me perguntou por que menti sobre ter estado em Jack e Jill. Ele disse que ninguém sabia quem eu era. Eu nunca disse que estivera lá; apenas deixei que ele pensasse que sim. Ele disse que provavelmente eu menti sobre outras coisas também. Como provavelmente não havia razão para que eu continuasse dizendo não toda vez que estamos nos beijando. Ele acha que porque minha roupa íntima é bem pequena e minha camiseta bastante apertada, eu deveria ter dito sim antes. Ele diz que não quer mais ficar comigo. Não até que me ouça dizer sim.

Drew não costumava me ver chorando. Ninguém me via chorando. Então, quando entrei em seu trabalho fazendo justamente isso, ele me abraçou bem forte e fechou a porta de seu gabinete.

– Você quer falar sobre isso?

– John Bailey é estúpido.

– Tenho certeza de que é, ainda mais se for o responsável por fazer com que você se sinta desse jeito.

– Ele é um sacana.

– Não precisa usar essa linguagem.

Eu adoro ser abraçada tão apertado.

– Não sou uma criança. Tenho dezesseis anos. Ele é um tremendo sacana. – Eu falo diretamente no peito de Drew e posso ouvir minha voz reverberando de volta em mim.

– Rachel, você é uma mocinha. Não precisa falar desse jeito. Conte-me o que está acontecendo. O que ele fez? – Drew ainda está me segurando apertado, com mãos fortes, e calmo.

Eu penso: "Será que a senhorita Verle percebeu, no outro dia, o que estou sentindo agora?".

– Não, sou eu. Sou má. Você não sabe. Realmente, sou má. Você não sabe como posso ser má... – O braço de Drew ao meu redor é ardente. Isso me faz ficar excitada.

E de pensar que aquele culto de domingo poderia me tornar boa. Ao menos era o que Vovó pensava. Não todos os domingos, mas muitos deles eu ficava lá na igreja Zion ainda cantando como uma garota branca, sem muito fôlego em minhas notas. Talvez fosse isso que importasse. Que eu não peguei os sons direito. Eu não estava dizendo a oração correta. Tudo o que sei é que estou nos braços de Drew – e ele é inteligente, gentil e entende as coisas mais sofisticadas, como eu –, e isso me faz querer estar perto dele. Bem perto. Eu queria que ele ficasse. Queria encontrar um jeito de mantê-lo próximo. Mas não tinha encontrado a melhor maneira.

Eu me lembro dele dizendo isso, depois que se esquivou de meu beijo:

– Você é como uma filha para mim. Vá para casa, agora.

NO DIA SEGUINTE, Tamika se virou e começou a falar pelas minhas costas. Desde o sexto ano nós cursamos a mesma escola e ela nunca gostou de mim e eu nunca gostei dela. Ela não gostar de mim é um princípio geral. Eu não gostar dela é porque ela ainda pode me bater. Geralmente, eu a vejo só nos corredores, às vezes perto do ponto de ônibus, depois da escola. Eu estou nas turmas avançadas, ela não.

Ela fala realmente alto quando estamos na fila para pegar o almoço que se oferece na escola.

– Ela é uma putinha. Pensa que é toda bonita. Ela é rápida como aquelas meninas brancas. Dormiu com a metade do time de basquete. Se ela tocar meu homem, eu dou uma surra nela.

Ela continua e continua. E o pessoal começa a dar risada. E a parte de mim que deseja parar de ficar triste, e de ser ferida e que não quer mais chorar, se vira tão rápido, como se eu mesma não me conhecesse, e diz "VAI SE

FODER" e dá um soco tão forte em Tamika que ela cai para trás. Tão violento que o nariz dela sangra.

– OI, ALI – Anthony Miller me chama a caminho da casa de sua avó. Desde a briga com Tamika, Ali sou eu. – Como você ficou tão morena?

Eu não uso o protetor solar que Vovó me manda usar. "Fica longe daquele sol. Vai deixar você escura e empoeirada", ela diz.

Eu lhe digo que ela está perpetuando ideias racistas do tempo da escravidão. Não tem nada errado em ter pele escura. Do mesmo jeito que Drew, eu digo a ela que gente negra tem de permanecer junta.

Ela não gosta que eu a corrija. É o que a mãe dela lhe disse e que ela repete. Mas ela se cala. As palavras "escuro" e "empoeirado" só aparecem depois que ela já entornou algumas das bebidas da senhorita Verle. Ela não fica orgulhosa quando diz aquelas coisas.

– Eu gosto de me bronzear – e continuo, meu lado mulata lendo um livro na cadeira de balanço da varanda de Vovó, faltando uns dias para as férias de verão.

– Fica bem em você – Anthony Miller comenta.

ANTHONY MILLER visita sua avó todos os dias daquela semana e da seguinte. Todos os dias eu o vejo e conversamos bastante. Terminei três livros em dez dias, enquanto esperava naquela varanda. Ele nunca vem na mesma hora.

Em algum momento do décimo primeiro dia, Anthony Miller vai visitar sua avó e, quando ele volta, o convido a entrar.

O tecido marrom com imagens africanas agora está coberto com um plástico leitoso. As fotos de gente que mora longe foram retiradas pela Vovó há muito tempo.

– Podemos sentar em seu quarto? Está tão quente. Acho que vou grudar no sofá. – Anthony Miller sorri para mim. Ele sabe que sou do tipo de garota que não se importa com aquele tipo de sorriso.

Vamos para o meu quarto. Nós nos beijamos em pé, depois deitados. Eu deixo Anthony Miller tirar minha blusa, para que possa ver o que está tocando.

Quero ser algo. Algo único. Talvez fosse o que eu era quando Anthony Miller costumava me beijar no vestíbulo da Santíssimo Redentor.

Anthony Miller e eu nunca fomos tão longe. Isso é uma coisa bem estranha de dizer. Nunca senti como se realmente estivéssemos indo a algum lugar.

– Você é tão bonita. Tão bonita. – Ele diz isso de novo e de novo, como se uma magia tivesse sido lançada sobre ele.

Anthony Miller fecha os olhos. Suas mãos estão famintas para me tocar. O que quer que seja, é o que eu quero ser neste momento. Mas, então, a maneira como ele me beija vai ficando cada vez mais rápida. A maneira como ele me toca é mais forte. Sinto como se estivesse mergulhando em meu interior à medida que ele me toca.

Quando ele me toca lá embaixo, começo a contar. Ele enfia o dedo em mim e eu sinto como se fosse uma caneta pressionando para cima. Um. Dois. Três. Quatro. Bonita não vai deixá-lo magoado.

Cinco. Seis.

– Por favor, me deixe ver como é que é – ele pede.

Eu sinto seu peso sobre mim e suas mãos abrindo bem as minhas pernas. Anthony Miller está se apossando da coisa que achei que estava oferecendo. Ele não era grande o suficiente para uma possível reação, mas eu não a esbocei. É como meu corpo pensa: "renda-se, Bonita". Sete. Oito. Nove.

– Você é tão bonita – ele diz.

Vovó abre a porta de meu quarto. Não era para ela estar em casa. Talvez ela tenha ouvido o sapato dele cair no chão, ou o pequeno ruído que eu solto quando ele se esforça para entrar mais fundo em mim, seca.

Ela o vê e não diz "Pare" ou "O que você está fazendo?". Ela me vê e diz:

– Sua putinha. – Ela não grita ou escorraça Anthony Miller para fora de casa, meio vestido. Ela não faz nada. – Eu deveria saber – ela diz e depois sai do meu quarto, fechando a porta atrás dela.

Anthony Miller cai fora. Ele coloca as calças e os sapatos em um só movimento. Eu ainda estou deitada na cama. Minha blusa está enrolada em meu braço direito. Minha saia está toda engruvinhada em meu ventre. Ele não precisa ter pressa. Vovó não vai fazer nada. Estou recebendo o que mereço.

– Obrigado, de qualquer jeito – ele diz.

Talvez ele diga alguma coisa mais.

Anthony Miller vai embora sem me beijar. Ele acena, em despedida.

Eu escondo os lençóis de Vovó. Lavo as mãos e escovo os dentes. Não lavo lá embaixo. Sei que estou sangrando.

No dia seguinte, vou ao médico sozinha. Faço uma promessa para mim mesma: nunca mais trazer nenhum outro garoto para casa e me dar um toque de recolher toda noite. Ainda sou uma aluna exemplar. Só recebo notas A. Tenho, também, outras coisas das quais me orgulhar: vice-líder da classe, líder da Sociedade Nacional de Honra, coeditora da seção criativa do jornal do colégio. Sou uma boa aluna, ainda que não uma boa moça. Essas são as coisas que eu vou valorizar. As outras não contam. Posso fazer com que certas coisas tenham importância escrevendo-as da maneira que eu quero.

Em meu diário, naquele dia, registrei:

"Fazer sexo com Anthony Miller foi uma experiência e tanto. Anthony Miller se empolgou muito e eu também. O médico disse que eu tive uma ruptura lá. Tenho de ser mais cuidadosa. E me assegurar de estar pronta na próxima vez. Ainda estou sangrando um pouco. Sinto que ele fez algo em mim. E quero que ele faça de novo."

Não é a história verdadeira, mas eu digo isso para mim mesma. Que diferença faz, de qualquer jeito? Eu digo essa história para mim, porque poderia ser verdade. Poderia ter acontecido dessa forma. As coisas acontecem de formas diferentes.

Como aquele homem, no telhado, talvez ele contasse a si mesmo histórias desse jeito. Talvez sua história fosse assim: "Eu vi a garota abrir a porta (ele acenou para mim); era uma família inteira (verdade também); eu expliquei que estava prestes a fazer um novo poleiro para mais pássaros e o garoto disse que queria ajudar (Robbie gaguejou quando disse p-p-pooor favor). Eles fizeram a coisa deles. Eu, a minha".

Eu não sei se tem importância a verdadeira história sobre Anthony Miller ou sobre o dia no telhado ou qualquer história em que você possa pensar. Se não houver ninguém para contar o outro lado, a única história que pode ser contada é a que se torna verdade.

Parte 2

Rachel

Fortes chuvas de verão afogaram os poucos tufos de grama que ousaram crescer no quintal da Vovó. Todos os vegetais e flores que Vovó costumava cultivar morreram.

– Não restou nada para salvar – Vovó diz e repete, quando vai ver como ficou o jardim, depois de alguns goles.

Ela está errada. Flores selvagens criaram raízes perto do alimentador de pássaros que coloquei lá há algumas semanas. Acho que não são realmente flores silvestres. São apenas uns brotos, mas verdes, e são as únicas coisas que cresceram onde costumava ficar o jardim da Vovó.

Vovó não gosta do alimentador de pássaros ou dos pássaros que ele atrai. Outro dia, ela "quase teve um ataque do coração", com umas batidas em sua janela, de manhã. Pensou que fosse um homem tentando arrombá-la. Era um corvo negro. Vovó quer que eu derrube o alimentador de pássaros para "manter a distância bichos voadores como esse". Eu não quero. Gosto de ouvir as aves de manhã. Gosto de ver aquele tufo de verde crescendo.

– Não ficou nada – Vovó diz novamente, quando falo que ela está errada quando pensa que nada cresce no quintal.

Ela não escuta. Todas as suas sílabas são arrastadas.

Às vezes eu escondo suas bebidas. Esvazio as garrafas quando ela cai no sono e ainda restou algo lá dentro. Era o que Mor costumava fazer com as garrafas de cerveja e de conhaque do Papai. Eu sei que, dentro de um ou dois dias, a senhorita Verle vem e traz outro litro de licor para Vovó. Mesmo assim, vale a pena.

Agora que está aposentada, há dias que Vovó não sai da cama. Nesses dias ela bebe o tempo todo, guarda um pouco de licor para tomar depois do café da manhã e, depois, com seu chá da tarde. Com o jantar, é normal ela beber direto, enquanto assiste aos noticiários noturnos.

Ver Vovó desse jeito me faz ter certeza de que tudo sobre uma pessoa mostra-se em outra da família. Sei o nome científico disso: hereditariedade, e heranças e coisas que são transmitidas. Mas acho que deve haver uma explicação melhor, porque Vovó nunca precisou de uns goles antes de tia Loretta morrer. Mas Papai sim, durante muito tempo. A hereditariedade não funciona para trás. Penso sobre isso tudo, sobre a maneira como a ciência ou a matemática nos revelam certas coisas. A matemática pode explicar a razão pela qual há uma em quatro chances para que eu tenha tido olhos azuis. Mas não explica por que fui eu. A ciência ou a matemática não podem explicar o que faz uma pessoa ter sorte ou o que faz uma pessoa ter sorte suficiente para sobreviver.

Três semanas de verão e parece que nunca vai terminar. A única coisa boa é que eu não tenho de ver Anthony Miller, Tamika Washington ou nenhuma das pessoas da escola. Passo os dias na biblioteca ou na varanda balançando na cadeira de Vovó, lendo. Vovó e eu, nós temos rotinas diferentes. Comemos nossas refeições separadamente. Ela fala ao telefone. Faz visitas com a senhorita Verle, vê suas séries na televisão. Há uma distância entre nós maior que a falta de tia Loretta. Vivemos na mesma casa, mas ambas nos sentimos sozinhas. *Nós* e *sozinhas* não pertencem a uma mesma frase.

– Venha aqui, Vovó quer lhe mostrar uma coisa – ela diz.

Quando Vovó fala comigo, é sobre Deus e o salvador, e como os dias dela são curtos na terra do Senhor. Deus está sempre presente em nossas vidas. Ele vai mostrar o caminho. Esse tipo de coisa. Ela diz que eu deveria me dirigir ao Senhor. Ele está falando comigo agora.

Vovó é piegas. Fala sobre sua própria morte. Em como ela quer descer delicadamente, como "um chá da tarde no Texas". Mas não há nada de errado com ela: não está doente, nunca tosse muito nem chia. Tem quase setenta anos e toma aquelas pílulas das quais as pessoas idosas falam nos comerciais dos noticiários noturnos. Mas de qualquer forma, parece bem, exceto quando a bebida a domina.

Hoje, Vovó pega de sua gaveta uma sacola da Seagram de tecido azul e despeja um monte de moedas sobre a colcha de sua cama.

Eu levanto e me sento na cama, com as pernas cruzadas, diante da Vovó.

– Sua coleção de moedas?

– Não apenas moedas – ela diz, franzindo a testa. – Centavos. Níqueis. John F. Kennedys.

Vovó pega o jornal que está perto dela e abre em um grande anúncio, que diz: "COMPRAMOS MOEDAS".

– Você vai ao show de moedas?

– Mas eu não consigo ver qual o ano delas. – Vovó quer fazer algum dinheiro, antes de morrer. – Antes que chegue a minha vez.

A vez da Vovó nunca tinha chegado.

– Vovó, você não vai morrer.

– Com certeza não antes que eu levante um pouco de dinheiro com essa coleção. Mas vai acontecer.

– Mas as moedas têm de ser muito antigas para valer algo.

– Chegue mais perto. Ajude a Vovó a enxergar. – Há muito tempo que não chego tão perto da Vovó, e isso me faz lembrar quando eu podia subir no colo dela e sentir o cheiro de sua loção de lavanda. – Aqui, olhe estas – ela diz e empurra uma pilha de moedas em minha direção, na cama.

– 1977. 1964. 1980. Não valem nada. Você até pode gastá-las.

– Ah, não. Sou uma colecionadora. Devo ter de cada ano, a começar de 1935, e, veja, eu arrumei muitas.

– Aqui está uma boa. Um níquel. De 1937. Esse foi o ano em que Papai nasceu.

– Deixe-me ver. Quanto eu posso conseguir por isso?

Olhei para o anúncio do jornal. "Para níqueis de 1935 a 1943, diz quinhentos dólares".

– Quinhentos dólares? Vovó vai se tornar uma senhora rica. – Faz tempo que Vovó não revelava a parte alegre de sua voz, ao menos perto de mim.

Depois ela fica quieta por um longo período. Eu separo as moedas, os níqueis, os centavos e os John F. Kennedys. A casa está silenciosa, um silêncio agradável, do tipo que você não se importa que permaneça.

– Falei com Drew sobre os problemas que tenho tido com você – Vovó diz depois de um tempo. "Problemas" significa garotos. – Ele pensa que você apenas tem de se dedicar a algo que faça seu dia melhor – ela diz. – Ele conseguiu um emprego de verão para você, no centro da cidade. Arrumar a você o que fazer.

Vovó não acredita que eu estou na biblioteca, quando digo isso. Não há motivo para que acredite.

– Senhor, abençoe Drew – ela diz e eu concordo. – Há alguns outros bons homens lá, em algum lugar, tenho que pensar.

Amém. Eu concordo.

– Quando devo começar? – pergunto.

– Assim que você ligar para ele e lhe dizer que concorda, amanhã, depois de amanhã.

Salto da cama para falar com Drew no telefone da cozinha. Não o vejo desde aquele dia. Tenho uma segunda chance.

– Ei, nós não terminamos – Vovó grita. – Volte a se sentar.

Sento-me novamente, mas só parte de mim permanece ali, conferindo outra vez cada moeda, depois que Vovó as analisa com a lente de aumento. Estou pensando em como vou impressionar Drew com minha roupa e em como vou fazer direito o trabalho que ele arrumar para mim. Imagino como vou conseguir que ele goste de mim do jeito que gosto dele.

A coleção de Vovó vale US$ 2.507,03.

– Arredonde para dois mil. Esta é para você. Do ano em que seu pai nasceu.

Ficamos em silêncio, enquanto ela me estende o níquel. Parece que nós duas temos a mesma imagem dele em mente. Na minha, ele está como sempre: bonito, sorridente, fazendo pose com seu uniforme azul, cinco listas nas divisas com asas que ele tem na manga. Em minha mente, ele sempre está de uniforme. Elegante. Digno de uma continência.

– É horrível dizer, mas acho que não serei capaz de me lembrar dele sempre – falo.

– Ah, querida. É seu pai – Vovó diz.

– Por que o Papai não voltou? – pergunto.

– Algumas coisas não devem ser sabidas, pequena. Eu não tive um papai junto de mim quando cresci. E seu pai também não. Não há mistério nisso.

Eu observo a Vovó. Olho para ela bem de perto, buscando indícios e pistas. Ela sabe coisas que não conta.

– Não me refiro a agora. Quero dizer naquela época. Quando ele ligou, disse que estaria lá. Falou que estava a caminho.

Vovó tosse e procura pela bebida ao lado da cama. Então ela se volta para mim e me dá um longo abraço.

– Ele disse: "Não conte a sua mãe. Estou chegando para levá-los todos para casa" – eu falo. – E não contei.

Vovó continua me segurando como se pudesse manter seus braços em volta das palavras que estou dizendo e fazer com que desaparecessem. Ela me balança, para a frente e para trás, minha cabeça em seu ombro. Afaga meu cabelo, ao longo de minhas costas. Ela começa a cantarolar.

– Seu pai podia encontrar o caminho em qualquer lugar. Você sabia disso? Ele fazia mapas, mas eram para outras pessoas. Deus, tenha piedade. Eu me lembro da vez em que o levei, junto da sua tia Loretta, ao acampamento, com a igreja. Ele tinha sete anos. Não fazia nem dois minutos que a gente estava lá e ele tinha desaparecido. Estava procurando pelos cavalos que vira na estrada, na ida. Ele só nos encontrou na calada da noite. Mas nos encontrou! Sem medo do escuro. Sem medo de se perder. Ele voltou para o acampamento como se estivesse caminhando pela sala de estar aqui de casa – ela fala e aponta. – Ele disse: "Mamãe, eles me deixaram alimentar aquele cavalo". Que surra ele levou naquela noite – ela lembra e ri. – O que estou dizendo, querida, é que seu pai podia achar o que fosse que estivesse procurando. Ele sabia como. Algumas coisas é melhor não serem encontradas.

Então, Vovó me abraça apertado, como se quisesse manter todas as perguntas dentro de mim.

– Seu pai, Rachel. Enterre ele, querida. Em seu coração e em sua mente. Não há como segurá-lo.

Sua voz é tão suave que é como se ela estivesse sussurrando para si mesma.

– Mas e se ele estivesse a caminho, quando disse?

– Chega de perguntas.

– Mas e se ele chegou?

– Ah, querida, ele chegou. Mas tarde demais naquele dia.

Rachel

– Você tem cheiro de marzipã – Jesse diz quando me cumprimenta, com um aperto de mão.

É meu primeiro dia como estagiária no abrigo do Exército da Salvação. Estou usando um paletó, uma camisa de seda abotoada, uma saia e sapatos de saltos bem altos, como tia Loretta costumava se vestir.

– Jesse é nosso outro estagiário – diz Drew. – Rachel é minha sobrinha postiça, mas realmente é como uma filha para mim.

De novo ele diz isso, "como uma filha", da maneira como fez naquele dia. Desta vez, soa como um aviso em código secreto.

Jesse é alto e sua feição é apenas de ângulos retos. Tem queixo quadrado e nariz em linha reta. Seus cabelos são loiros, e os olhos, verdes como o mar. "Você tem cheiro de marzipã" não é uma coisa corriqueira de se dizer quando se conhece alguém.

– Oi – eu digo. – Marzipã era uma de minhas coisas preferidas quando eu era criança.

– Era uma das minhas também. Minha mãe é da Noruega e costumava fazer, quando eu era pequeno – Jesse fala.

– De onde, de onde? – pergunto.

– Da região de Oslo.

– Drew, você sabia disso? – quero saber.

– Não – ele responde. – Mas também não entro aqui cheirando a marzipã.

Drew dá risada. Por um momento, penso que ele esteve prestando atenção em mim, em minha aparência, no perfume que estou usando, em como não sou sua filha.

– Minha mãe era dinamarquesa – conto.

– Verdade?

Seu "verdade" parece um desafio por alguma razão, e eu procuro sons dentro de mim que não uso há anos:

– *Taler du norsk?*

– Estou bem. Espere, como se diz isso de novo? Que eu estou bem?

– Em dinamarquês, você diz *Jeg har det godt.* – De onde vieram esses sons?

– Você fala norueguês, também? – pergunta Jesse.

– Acho que provavelmente poderia entender. A maior diferença está na entonação e na forma de soletrar. E algumas palavras.

– Tudo bem, mas você me perguntou como eu estava? – Jesse quis saber.

– Não.

– Caramba. Mamãe nunca se preocupou em nos ensinar essa língua – ele diz. – Não acho que vá fazer isso agora.

Ele diz "Mamãe" e ri para si mesmo, com uma voz que não soa, de jeito nenhum, como a de um cara branco. Não são as palavras que ele diz, mas sua voz, tem a textura da do diácono James, quando ele faz suas pregações, o sentimento que transparece quando Drew fala.

– Jesse pode mostrar a você o seu lugar e decidam entre vocês como dividir o trabalho. Jesse sabe o que tem de ser feito.

– E Rachel... – Drew fala. – Boas notícias – embora eu não entenda por que devo achar isso quando ele me conta o que é: – Lakeisha está chegando de visita na próxima semana, para o verão. Ela está ansiosa para ver você.

JESSE vai ser calouro na Faculdade Reed no outono. Ele vive do outro lado da ponte Fremont, nas montanhas do Noroeste. Estudou em uma escola privada, a Catlin Gabel. Isso significa que, provavelmente, seja rico. Fico imaginando por que alguém como ele quer estar em um lugar como este. Especialmente se você não tem de estar. O abrigo não é exatamente sujo, mas não é novo. E os homens que participam do programa de reabilitação aqui podem ser meio assustadores. Alguns viveram na rua durante anos. A maioria deles tem marcas disso: dentes escurecidos e rugas profundas na face; tossem muito por causa do cigarro e têm a pele áspera.

A coisa boa sobre o Centro é que, mesmo parecendo pobre, há uma sensação de esperança. Os homens brincam, uns com os outros, e dão risada. Eles bebem montes de café e trabalham duro nos empregos para os quais foram indicados. Todos querem melhorar.

– Pareceu bom para o que vou cursar na faculdade. Não é o tipo de coisa que eu queira fazer realmente, mas é um emprego fácil – Jesse diz, quando pergunto. Parece casual quando faz o comentário. E dá um sorrisinho enviesado.

– Por que você está aqui? – ele me pergunta.

Eu não menciono Anthony Miller ou o plano de Vovó e Drew para mim.

– Mesma coisa.

Sobre a mesa de Jesse, há duas fotos de sua família: mãe, pai e irmã.

– Fomos para a Dinamarca no ano passado – Jesse conta, apontando para a foto de seus familiares próximos a um guarda no castelo da rainha.

Nunca pensei na Dinamarca como uma paisagem. A Dinamarca que conheço nunca foi um lugar de verdade, mas um cenário para as histórias que Mor disse ou contou. Conheço a Dinamarca através dos contos dela. Minha Dinamarca tinha imagens de padarias cheias de pão fresco, salas de aula com mesas que abriam como uma caixa, e árvores de Natal decoradas com candelabros de verdade. Nas imagens da minha Dinamarca não havia pessoas além de Mor ou eu, nas vezes em que também me coloquei lá. Se eu fosse desenhar uma imagem da Dinamarca, acho que seria a imagem de um sentimento dentro de mim, como um céu sem nuvens, de alguma forma próximo da cor azul.

– Minha mãe ia viajar se você falasse com ela sobre a Dinamarca – ele diz. – Isso seria bem legal.

DEU MEIO-DIA e quinze, e não estou sequer na metade da pilha de papéis que deveria arquivar até o fim do dia. Jesse e eu ficamos conversando o tempo todo.

Jesse não é como os outros garotos brancos. Ele chama as pessoas brancas de peregrinos. Fala espanhol com sotaque maia. Recita, de memória, poemas revolucionários jamaicanos. Ele se surpreende que eu não tenha lido integralmente *Black Skin, White Masks.*

Jesse viveu em Nova York até os doze anos. Passou longos feriados e verões na Jamaica e nas Ilhas Virgens. Sua família tem casas em todos esses lugares. Jesse é vegetariano e conhece coisas sobre pessoas negras que só os negros sabem, como o que significa, para uma garota negra, os "cabelos voltarem"*. Coisas que eu aprendi depois de começar a viver com Vovó e tia Loretta. Estou surpresa de que alguém tenha contado a ele. Será que ele realmente teria perguntado?

Ouvi a música antes mesmo de chegarmos à sala de recreação. Não é uma canção que eu conheça, mas uma parte de mim quer encher de palavras cada nota. É uma música triste, mas também tem esperança. Na sala de recreação, há um homem tocando piano e outros vendo televisão. Parece mais uma sala de espera do que uma de recreação. Os sofás e cadeiras são bem retos e feitos de um tipo de lona áspera. No chão não havia tapete. A televisão, instalada no alto de um canto, como em um consultório médico, tem uma inclinação que, com a luz que vem da janela sem cortinas, deve dificultar a visão da tela. Só a música do piano faz com que pareça um lugar onde você poderia relaxar.

Jesse e eu sentamos e comemos em silêncio, ambos ouvindo a música.

Quando o pianista termina, um cara bate palmas. Jesse e eu também. O pianista levanta e abraça Jesse, e eles batem um no ombro do outro com os punhos fechados, como fazem os homens negros. Como Jesse conhece isso também?

---

* Quando se diz que os "cabelos voltaram" é que passou o efeito do relaxamento, que os deixava lisos, de maneira que retomam seu pixaim natural. (N. da T.)

– Ei, cara. Hora de voltar ao trabalho – o pianista diz.

– Esta é a sobrinha de Drew.

– É uma bela jovenzinha.

Eu sorrio.

– Você é modelo? Tem lindos olhos – o pianista continua.

– Não.

– Ô, meu, você não tem boas maneiras – diz Jesse. – O irmão aqui cresceu na periferia de Chicago.

– Vivi lá e nas ruas. Amadureci quando cheguei aqui – o pianista fala.

Ele é alto. Tenho de levantar minha cabeça uns sessenta graus para olhar seu rosto. É atraente. Não é bonito, mas bonitinho. Tem os olhos de sua mãe, eu penso. Ele tem um jeito de olhar que a mãe dele lhe deu, é o que eu quero dizer. É minha primeira impressão. Então, noto a cor (castanho, com estrias douradas) e os (longos) cílios. Ele tem um jeito de olhar profundo, com alma, e um jeito de ver dentro de você.

– Qual é a sua altura? Você se importa que eu pergunte? – digo.

– Quase um metro e oitenta e cinco de timidez.

– Quase um metro e oitenta e cinco?

– Sim, e eu nunca joguei basquete.

– Você deve ouvir isso todo o tempo – eu digo.

– Assim como você ouve a pergunta "de onde você é?", quando querem saber onde conseguiu esses lindos olhos.

Eu fico encantada facilmente. Espero que não aparente.

– De minha tia Loretta – respondo.

– Vai devagar, cara – Jesse diz.

Eu sorrio.

– Não há nada de errado em elogiar uma jovem.

– Esse é meu camarada. Boa gente – Jesse diz. – Uma estrela no programa.

– Você está no programa? – quero saber.

– Estava. Completei 120 dias limpo agora. Seu tio me empregou na equipe quando eu terminei, e finalmente encontrei algo mais fixo. Você está aqui para o verão? – o pianista pergunta.

– Estou trabalhando aqui durante o verão. Para Drew. Quero dizer... E eu sou daqui, mas – e digo sem nenhuma razão em particular, – morei em Chicago, também.

– Conterrânea de Chicago na casa, certo? – o pianista estende seu punho para que eu o cumprimente.

– Sim.

Fico sem graça, porque não sei o que fazer. Devo bater no punho dele com o meu? Estender a minha mão, com a palma aberta?

Ele deve perceber o desconforto nos meus olhos.

– Deixe-me fazer a coisa direito – ele pega minha mão, gentilmente, na dele, e a beija. – Oi, meus amigos me chamam de Brick.

Brick

Brick tinha de se agachar naquele prédio pequeno. Não era adequado para sua altura. Para lavar os cabelos, tinha de se curvar sob o chuveiro. Ele poderia imaginar que seria assim tão alto. Ninguém mais, se alguém tivesse prestado mais atenção, teria feito uma previsão dessas, pois quando criança ele era bem pequeno para a idade que tinha.

Ele alugou um quarto livre, a cinco quarteirões do abrigo do Exército da Salvação. Era tudo o que ele podia manter depois de vagar pelo país durante os últimos seis anos; ele sabia qual era o seu tipo de lugar.

Os primeiros meses depois de fugir de casa – antes que aparecessem espinhas em seu queixo, antes que crescessem pelos em suas axilas e em suas partes íntimas, antes que sua voz começasse a engrossar –, ele passou com o homem e a mulher brancos, os que conheceu como Paul e Lisa.

Eles paravam ao lado da estrada, perto das rampas de acesso às autoestradas. – Tocamos canções por dinheiro. Ajude a nós e a nosso filho.

O aviso, escrito em uma caixa de papelão, e o fato de eles estarem em um semáforo funcionavam bem. Na maioria dos dias, coletavam o suficiente para comer, e pagar um lugar onde dormir, além de conseguir drogas.

Não eram muitas as pessoas que pediam uma música. Mas quando queriam, com certeza acrescentavam uma nota de cinco, dez ou mesmo vinte dólares aos trocados que inicialmente colocavam na mão de Lisa, com piedade, desprezo ou indignação. "Você não deveria manter seu filho aqui, fora da escola", era a repreensão mais comum. Era engraçado: ninguém nunca questionou a veracidade daquela família. Brick não sabia como as pessoas achavam que fazia algum sentido aqueles dois jovens roqueiros de cabelos encaracolados com um garoto mulato a tiracolo. Mas eles aceitavam. E ninguém jamais perguntou a Brick se ele queria ficar com a mãe e o pai, ou se gostaria de viver em um lar de verdade.

Paul e Lisa não o tratavam muito mal. Não batiam nele; eles o alimentavam, quando comiam; davam-lhe um lugar para dormir, sempre que conseguiam um. E nas noites em que ele acordava gritando, com o rosto do menino-pássaro na mente, ou então quando estava sendo perseguido, em seus sonhos, pelo homem dos pombos, eles lhe davam uma pílula que derretia as sensações, fazendo com que os pesadelos desaparecessem.

Algumas vezes, achavam divertido – obviamente só quando estavam drogados e bêbados – fazer sexo selvagem. Uma vez, ejaculou quando a mulher chamada Lisa brincou com ele. Ele ficou tão assustado com a possibilidade daquela coisa espirrar outra vez que durante uma semana ficou com medo de tocar nele, mesmo quando fazia xixi.

Os meses foram passando e ele cresceu. Sua cara de macaco subitamente se pareceu ameaçadora. Aos 12 anos, ele já era tão alto quanto um garoto do colegial. Brick se tornou um rapaz negro e sem utilidade para Paul e Lisa, que precisavam não exatamente de um bom músico, mas de uma criança, para que sua mendicância fosse bem-sucedida.

Uma tarde, eles o abandonaram. Chovia há três dias seguidos, e eles não conseguiram mais dos que alguns trocados, depois de turnos de doze horas. Irritados, em total abstinência, Paul e Lisa largaram seu macaco e a conta na lanchonete onde haviam almoçado bem tarde. Um macaco não ia parar seu show.

Para Brick, aquela foi a primeira de uma série de adoções. Aquela noite foi a garçonete – de uns cinquenta e tantos anos, mãe de um filho que estava preso por ter matado um homem – quem o levou para casa. Ela o queria para fechar as persianas para ela. Para vigiar a casa. Ela não sabia o quanto precisava de um homem perto dela, para se sentir segura até que seu filho fosse libertado. Brick ficou lá por duas semanas, até o dia em que ela chamou o juizado de menores, pedindo que conseguisse um verdadeiro lugar para ele viver. Ele escreveu obrigado em um bloco ao lado do telefone e foi embora sem levar o sanduíche que ela lhe preparara para o almoço. A única coisa de que ele tinha certeza, mesmo naquela tenra idade, era que ele mesmo encontraria o próprio lar.

O próximo foi um senhor idoso: um cego, veterano do exército, que precisava de ajuda com o jardim e algumas outras coisas na casa.

– Os pretos mudaram tudo nesta vizinhança. – Ele não podia identificar o sotaque negro na voz de Brick.

O velho compartilhou suas teorias sobre assombrações com Brick durante uma semana, até que o garoto não aguentou mais. E então houve a professora de piano, uma viúva, que observou Brick com sua gaita no ponto de ônibus e o convidou a ir até sua casa, para ouvi-la tocar. Ela interpretou uma bela valsa para ele e fez um gesto, chamando-o a se sentar ao seu lado no banco, de maneira que pudesse lhe mostrar. Era a primeira vez que ele tocava piano e, embora suas mãos não tivessem segurança a princípio, logo ele pegou o jeito. Ele era um talento natural, a mulher disse. Depois disso, passaram a ter uma rotina agradável: café da manhã, caminhada matutina, um pouco de jardinagem, ida ao supermercado, de volta à casa e ao piano – uma canção e uma lição –, um cochilo à tarde e jantar lá pelas seis. A viúva o introduziu em seu cotidiano como se fosse a coisa mais natural do mundo, como se ela tivesse vivido com um céu sem sol. Ele estava lá há quatro meses, e assim que os filhos dela ficaram sabendo, chamaram a polícia. "Pequeno artista vigarista", foi do que o insultaram e, depois, sustentaram que Brick estava tentando se intrometer na herança deles.

A lista foi aumentando: a mãe solteira com um filho de seis meses, o casal de judeus aposentados com o que seria um cachorro de competição, o homem negro com três Chevys velhos suspensos sobre blocos de cimento na entrada de carros. Essas pessoas ficavam com ele como que por magia. Brick as ajudava em serviços de casa ou no jardim, fazia tudo o que podia para merecer o direito a outra refeição ou outra noite de sono sob um teto. Ficou à deriva por meses, vivendo da bondade de estranhos. Apesar de seu tamanho, Brick era infantil e encantava a todos que o conheciam. Mas quando completou quinze anos, as coisas começaram a mudar. Por causa de sua altura, ele parecia mais velho do que era, parecia um homem que poderia ter uns trinta anos. Um andarilho, não importava que tivesse um rosto amigável de capa de revista, poderia muito bem ser um membro de gangue, um traficante de drogas, algo que trouxesse problemas.

As portas das casas se fecharam para ele. E Brick se tornou um homem que precisava se virar sozinho.

Ele fazia bicos, aqui e ali. Ajudante de cozinha. Homem de mudanças. Ajudante de armazém. Trabalhador agrícola.

À noite, frequentava um bar na cidade e tomava cerveja, sempre muita cerveja. Mas não era um alcoólatra, como dizia a si mesmo nas manhãs em que não conseguia se lembrar como tinha ido parar neste ou naquele motel ou quarto alugado.

Ele teve tantos nomes quanto as cidades por onde passou. Macaco. Magrela. T.J. As pessoas sempre lhe davam letras como nome. Em uma cidade, ele foi D2 – cada estranho no bar ganhava o nome Dee –, e simplesmente aconteceu de ele ser o segundo estranho a aparecer em um mesmo dia.

Brick nunca pensou em voltar para casa. Será que ainda estava lá? Para sempre?

Ele pensava em sua mãe com frequência. Fixada em sua mente, havia uma imagem do melhor dela. Estava sorrindo, sentada, com ele no colo, no velho sofá verde quando ele ainda era novo, o sofá ainda coberto por uma camada de plástico e limpo. Ele tinha cinco, talvez seis anos. Ela fazia cócegas nele com a longa trança que fizera em seus cabelos, e ele lhe fazia cócegas de volta. Quem foi que tirou aquela fotografia? Ele não sabia. Mas sempre fizera com que ele sentisse esperança. Havia uma testemunha daqueles dias bons; outra pessoa que conhecia sua mãe no melhor dela.

Brick continuou a tocar gaita e, nos bares, tocava piano. Ele começava com alguma coisa empolgante, uma boa música de bar, e sempre, sempre, terminava a noite com a canção de Roger.

As mulheres o amavam. Ele era grande agora; tinha costas largas e firmes, era esbelto, tinha braços fortes, cabelos de índio, no peito também. Seus dentes eram certos e sólidos, uma herança – "o melhor legado de ancestrais criados na escravidão" –, ele dizia ironicamente. Deus, quando ele sorria para as garotas! E quando ele tocava sua música, elas faziam qualquer coisa, mas não era isso que o levava a tocar.

– Eu gosto daquela canção – as mulheres diziam. – Aquela do final. Qual é a letra?

Não havia letra. Mas quando uma jovem perguntava, ele criava alguma. Humm. Mmmmmmmm. Hummmmmm. Hummmm. Os versos, às vezes, não passavam de um amontoado de frases desconexas, ou então todas relacionadas à história de Roger, aquela que ele repetia para si todas as noites. Ainda prometendo a si mesmo que um dia continuaria sua jornada. Sempre a lembrança do rosto do menino-pássaro, sua promessa para Roger, sua infância, agora perdida. E sempre as garotas tinham perguntas:

– Como você veio parar aqui? – "aqui" significando Saint Louis, Oak Falls, Minneapolis, Saint Paul, Fargo, Tucson, Sheridan, Phoenix, Banner, lugarejos ou pequenas cidades. – O que o trouxe aqui?

– Eu tive de fugir da polícia, quando tinha onze anos, porque fui acusado injustamente.

– De quê?

– De não ser capaz de ver o que estava bem diante de meus olhos. E, depois, por mentir a respeito disso.

Ele chegou a Portland há cerca de seis meses, acometido de intensas tremedeiras. Rodou, de ônibus, cinco dias, em uma desintoxicação por conta própria. Em Portland, Brick vagou pelas proximidades da estação central, tentando encontrar alguém que o ajudasse. Não era fácil encontrar alguém disposto a sequer olhar para ele: um homem alto, tremendo, barba por fazer, cujo último banho tinha sido há três dias.

E naquele dia, aconteceu de Drew estar na rodoviária em seu esforço semanal para arrebanhar mais gente, tirando homens e mulheres da rua. Ele trouxera uma mochila com informações a respeito do programa de reabilitação do Exército da Salvação e uma sacola com sanduíches frescos.

– Talvez eu possa ajudar – Drew disse, quando viu Brick. – Aqui, tome um sanduíche.

– Obrigado. Não. Eu preciso de ajuda de verdade.

– Conte, filho.

Há muito tempo ele não era um filho.

– Eu tenho de me livrar disso, tenho de me livrar disso. Não posso mais fazer isso.

– Venha comigo para o Centro Albergue Iluminado. Podemos falar sobre como você pode fazer isso, um dia de cada vez.

Brick sabia que era jovem demais para ser recebido no Centro, então, quando lhe perguntaram, disse que tinha vinte e cinco anos. Brick queria um novo começo, ir para um lugar onde pudesse vencer essa coisa.

Permanecera no Centro desde aquele momento. Primeiro, como paciente nos noventa dias de reabilitação, e agora como auxiliar.

Era um dia quente de verão, e ele não conseguia se refrescar com seu chuveiro quente. Foi até a janela e a abriu. O ar estava parado e a brisa de verão entrou no apartamento como um jato fresco. A janela do apartamento de Brick dava para um pátio, assim como aquela de sua infância. Lá embaixo havia uma área de churrasqueiras. Mais longe, à direita, ele via um balanço e uma caixa de areia. Podia ouvir as crianças brincando. Ele queria ficar mais perto das risadas delas. Gostava que os sons de fora entrassem.

Ele estava sem fôlego desde o dia em que a conheceu, no abrigo. A garota de cabelo pixaim e olhos azuis era uma mocinha agora. Ele não deveria estar surpreso por encontrá-la. Durante todos esses anos em que esperou conhecê-la, não imaginou que pudesse ser assim. Quando ele soube que era ela? Não tinha certeza. Talvez tivesse sido no momento em que fitou seus olhos, ou quando ela mencionou Chicago. Não. Foi quando tomou a mão dela na sua, levou-a aos lábios, pressionou-os contra a mão dela, e ela retribuiu o cumprimento.

Rachel

Durante todo o verão, o panorama de minha vida começa a mudar.

Jesse e eu vamos almoçar juntos todos os dias. Às vezes, depois do trabalho, descemos a rua até a livraria e ficamos algum tempo no café. Jesse tem me indicado livros e autores que eu nunca pensara ler: Carlos Castañeda, Amiri Baraka e dois títulos sobre o capitalismo. Jesse se informa de ambos os lados de cada tema.

É estranho fazer esse tipo de coisas com um garoto. Nunca realmente pensei em meninos como pessoas com quem se conversa. Jesse me faz perguntas sobre o que eu gosto e o que desejo em minha vida. E é como se eu não tivesse de me preocupar em ser uma menina junto dele.

Às vezes, Brick vem conosco também, Jesse o ajuda a se preparar para obter seu certificado de conclusão do ensino médio. Brick nunca terminou o colégio, mas quer ingressar na faculdade comunitária no outono*.

Quando Jesse e Brick conversam, posso esquecer que Jesse é branco e posso esquecer que Brick é negro. Ou que Brick é mais ou menos isso. Não pergunto a Brick o que ele é; tem pele clara, com tons dourados nos olhos castanhos. Ele pode ser negro, mexicano ou mestiço, como eu. Tem vinte e cinco anos, e talvez nessa idade isso não importe.

Quando estou com Jesse e Brick durante o almoço e, algumas vezes, depois do trabalho, conversamos sobre pessoas que passam pelo Pioneer Courthouse Square† ou coisas de verdade, como o que está acontecendo no mundo, ou ainda sobre livros e coisas assim. Esqueço que o que você é – ser negro ou ser branco – importa. Jesse me faz ver que há uma maneira diferente de ser branco. E Brick me faz ver que há uma maneira diferente de ser negro.

Mas eu tiro sarro de Jesse por ser norueguês. Às vezes acho que ele apenas inventou.

– Meu nome do meio é Gustav, isso não deveria ser uma prova suficiente? – Jesse diz.

– De fato, não – eu falo.

---

* Nos Estados Unidos, quem não termina o colégio pode ingressar na faculdade caso passe no GED – *General Educational Development*, literalmente, Desenvolvimento Educacional Geral, uma sequência de cinco séries de testes, para avaliar se o candidato está apto para o curso superior. (N. da T.)

† O Pioneer Courthouse Square é uma grande praça com elementos para vivências comunitárias, como belos jardins e anfiteatro. No portal do PCS na Internet, há a estimativa de que no mínimo 26 mil pessoas passam por ali diariamente. (N. da T.)

– Muito bem, espere até conhecer minha mãe. Você verá o quanto sou norueguês. Só porque não posso falar... – Sua voz vai sumindo. – Como você diz tenha cuidado? – ele fala, finalmente.

– Em norueguês? Não sei.

– Acho que é algo como *Ha det bra* – Jesse diz. – Minha mãe sempre dizia isso. Como se estivéssemos prestes a tocar algo que poderia nos queimar, ou então correndo pela casa, e ela temesse que a gente pudesse tropeçar e cair. Era como se aquela fosse a única coisa que ela não pudesse dizer rápido o bastante em inglês, quando éramos pequenos.

– Em dinamarquês, você diz *pas på*. Minha mãe costumava dizer isso todo o tempo também.

– Hej – a mãe de Jesse diz quando me cumprimenta, na porta.

Ela é ligeiramente menor do que Jesse. Tem cabelos loiros encaracolados que chegam até os ombros e ruguinhas nos cantos de seus olhos verdes.

– Rachel fala dinamarquês, mamãe – Jesse diz, e me dá uma cotovelada no braço, como se fosse uma sugestão.

– *Det er godt* – eu gaguejo, mas não sei como terminar a frase. Quando criança, nunca precisei dizer que tinha prazer em conhecer alguém, como dizer: "Prazer em conhecê-la"?

A mãe de Jesse olha para ele e então diz em inglês sem um tiquinho de sotaque:

– Como estou feliz por você trazê-la. Entre e seja bem-vinda. – Ela me conduz à sala de jantar, onde a mesa está decorada mais ou menos como Mor faria para uma ocasião especial: pequenas velas acesas, guardanapos de tecido e louça especial, azul e branca. – Fiz um tradicional jantar escandinavo. Espero que você goste. É bom prepará-lo para alguém que aprecia.

– Mamãe, você sabe que agora sou vegetariano. Não posso comer essas almôndegas – Jesse diz.

– Mal posso esperar – eu digo.

O aroma de comida caseira enche a casa. "Parece o cheiro de *frikadeller* ou *fleskestej*? *Kartoffler* ou *ris*?" Não sei por que estou imaginando essas coisas; a mãe de Jesse promete que fez uma verdadeira torta de maçã para a sobremesa.

– É claro que não é igual à de minha mãe – ela diz. – Mas temos muita comida. Espero que esteja com fome – ela fala e aponta para os pratos que já estão postos na mesa. – Temos repolho roxo.

– *Rødkål* – digo traduzindo-o, é uma comida dinamarquesa também.

– E batatas.

– *Kartoffler.*

E então vira um jogo. A mãe de Jesse aponta para os feijões.

– *Bønner.*

Beterrabas.

– *Rødbeder.*

Salada de pepino.

– *Aguker salat.*

Se ao menos eu pudesse virar a esquina e encontrar Mor bem ali, na cozinha. Sorrindo, feliz. Robbie estaria posto à mesa lendo seu *Anders And*, livro de histórias em quadrinhos, pela terceira vez no mínimo. E eu estaria sentada ali com ele, lendo meu livro também. Papai chegando em casa do trabalho, seria um dia de festa. E então nós comeríamos.

Jesse me leva para conhecer sua casa. Há cinco quartos, quatro banheiros, um deque com uma churrasqueira elétrica e uma piscina. Todos os móveis parecem novos, embora não estejam cobertos com plástico. "É assim que deve ser uma pessoa rica", eu penso. Você tem belas coisas, mas não se preocupa com elas.

O pai de Jesse chega em casa cerca de vinte minutos depois. A irmã de Jesse vai ficar na casa de uma amiga. Ela não gosta de comida escandinava.

– Vamos nos sentar? – o pai de Jesse diz e nós o fazemos.

Ele serve vinho nos copos já postos na mesa. Primeiro, para sua esposa; depois, para mim e Jesse, mais do que uma dose; e, depois, uma taça cheia para si mesmo.

– *Skål!* – ele diz, levantando seu copo.

– *Skål!* – E mesmo que nunca tenha feito isso antes, tomo meu vinho em pequenos goles depois de brindar. Apenas um gole. Não quero que a hereditariedade comece a se manifestar em mim.

– Ela não fala muito bem? – a mãe de Jesse diz, embora eu tenha ficado quieta a maior parte da refeição.

– Não poderia saber, querida. Não falo a língua. E, se bem me lembro, nem você – fala o pai dele.

– Gostaria de ter ensinado norueguês para as crianças. É impressionante como ela pode lembrar uma língua que raramente usa. Rachel – ela diz, voltando-se para mim –, o que é isso? – ela aponta para uma estante de livros. – Você se lembra como se diz?

– *Boghylde.*

– E isso? Aponta para a mesa.

– *Bord.* – Quanto mais rápido respondo, melhor.

– E isso?

– *Vindue.* – Janela. Ela não quer que eu diga frases completas.

– Extraordinário – ela diz.

– Dona – digo. – A senhora também fala muito bem.

Jesse dá risada.

– Quero dizer que não parece ter nenhum sotaque – digo. – Minha mãe tinha. Eu nunca realmente ouvi, mas outras pessoas diziam isso.

– Bem, na verdade, eu era um bebê quando vim para os Estados Unidos, logo depois da guerra. Sou mais norte-americana do que norueguesa. Às vezes parece que ser norueguesa foi apenas uma parte de minha infância, como meus macacões preferidos, dentes de coelho ou joelhos esfolados – ela diz.

Não quero que o ser dinamarquesa seja algo que se possa pôr e tirar. Não quero que a dinamarquesa em mim seja algo que o tempo me leve a deixar para trás.

Jesse me leva para casa e tento me despedir no carro mesmo. Mas ele é um cavalheiro e insiste em me acompanhar até a porta. Vovó não deveria me ver voltando para casa com um garoto. Espero que ela esteja na cama, mas vejo que as luzes estão acesas.

– Tudo bem, até – digo para Jesse, na porta.

– Até – ele fala.

– Rachel – Vovó me chama. – Quem é que está com você?

– Ninguém.

– Diga a ele para entrar.

É constrangedor contar o que acontece em seguida. Jesse entra comigo e ambos vemos um monte de corpos nus na tela: homens e mulheres em um vídeo já gasto que Vovó está vendo.

– Você compreende isso? – ela diz se dirigindo a Jesse e apontando para a tela. Não diz “olá”. Nem “como é seu nome”. Ou algo polido e de costume. – Todos esses caras têm mães. Como podem se amontoar desse jeito? – Uma garrafa inteira de bebida está vazia, ao lado dela. É a segunda, em dois dias.

– Senhora? – Jesse diz. Mas não pode deixar de rir.

– Estou falando sério agora. Não tem valor tudo o que sua mamãe faz?

O vídeo continua rodando e Vovó aumenta o volume. – Não é mesmo uma coisa pesada – ela diz. – Fico feliz em saber o que é esse alarido.

– Onde a senhora conseguiu a fita, senhora Morse? – Ele ainda está rindo.

– A senhorita Verle me deu, com o senhor Donahue nela. Agora, de repente, isso apareceu.

– A senhorita Verle é uma senhora sem-vergonha – Jesse diz.

Vovó olha para ele, bem de perto por um momento. E então começa a rir.

– Ela é, com certeza. Ela é. – E dão risada juntos.

É tarde e eu, finalmente, dou boa-noite a Jesse. Ele diz a Vovó como sua mãe me convidou para ir novamente e que Vovó também será bem-vinda, da próxima vez.

– Bem, ia ser bom. Faz muitos anos que não tenho uma mulher branca cozinhando para mim. – E começam a rir de novo.

– Seria um prazer que a senhora viesse da próxima vez.

– Agora sim, aí está um jovem com educação – Vovó diz, enquanto fecha a porta.

Estamos tendo um jantar de boas-vindas para Lakeisha. Vovó não está se sentindo bem. Ela prometera que faria a comida, mas quando cheguei em casa, ela tinha entornado uma garrafa inteira de bebida ao longo do dia.

Eu disse a Drew que ela estava resfriada, então ele nos levou a seu restaurante favorito, no centro da cidade.

Lakeisha usa lentes de contato agora. Ela cresceu um pouco mais e engordou um pouco mais. Mas não é gorda. Lakeisha não é muito falante, a menos que você esteja falando de cabelo e maquiagem (ela vai para a escola de cosmetologia), ou então de garotos. Assim, Lakeisha não conversa muito enquanto falamos, porque Drew quer comentar as notícias sobre uma manifestação antiapartheid realizada outro dia, sobre o livro que trata de atitude positiva que ele acaba de ler, e sobre tênis. Tenho lido o jornal, o *The New York Times*, desde que Jesse começou a trazê-lo de casa. Conheço tudo o que Drew está falando. Está fresco em minha mente também.

– Você está tão quieta esta noite, Lakeisha – Drew comenta, enquanto comemos a torta especial do restaurante, não era crocante, mas estava bem boa, de pecã.

– Por que vocês têm de falar sobre coisas tão chatas? – Lakeisha pergunta.

– O que não é chato?

– Não sei – ela diz.

– Vou lhe dizer o que não é chato: ver alguém voltar ao caminho certo. Há uma nova criança no abrigo – Drew fala. – Um bom menino. Tem sido emocionante vê-lo dar a volta por cima. – Drew chama todo mundo de criança. Mesmo alguém como eu.

Lakeisha não está interessada no que Drew faz. Ela boceja quando ele fala sobre a importância de retribuir. Quando nos encontrou no abrigo, ela me disse:

– Você também gosta de trabalhar com um bando de vagabundos?

Ela diz às pessoas que seu pai trabalha em um hospital. Fala que é uma coisa desprezível pensar que seu pai fica entre vagabundos o tempo todo.

– Você se refere a Brick? – pergunto.

– Nós o empregamos. É um grande trabalhador. Eu gostaria de vê-lo fazendo algo mais. Manter-se limpo. Ele é talentoso. Um músico, também. Um belo jovem.

– Ahhhh, aquele alto. Ele é legal – Lakeisha diz. Agora ela está interessada. Estamos falando sobre garotos. – Eu o vi quando estava chegando.

– Ele é muito velho para você. Além disso, é um daqueles vagabundos – eu digo, tirando sarro dela.

Não é o que eu penso. Brick é um cara ótimo. E é muito bonito. Mas não penso nele desse jeito. Não sei por quê.

– Eles não são vagabundos. São regenerados, de alcoolismo e de drogas – Drew comenta.

– Tudo é asqueroso lá. Não gosto. Fede.

– Então, é bom que você não trabalhe lá – digo.

– *Então, é bom que você não trabalhe lá* – Lakeisha repete, em voz alta e com seu melhor sotaque de gente branca.

Lakeisha e eu esperamos por Drew no carro, enquanto ele volta ao restaurante para pegar a jaqueta que deixara lá dentro. Ela se vira para trás e diz:

– Você gosta do garoto branco, né? O que senta ao seu lado?

Eu não digo nada.

– Eu vi vocês, estavam bem próximos e conversando, quando cheguei. Você pode tê-lo. Não sei nada sobre garotos brancos. E também não sei por que você havia de querer esse, quando ali está aquele belo jovem alto.

– Jesse é apenas um amigo. E nós trabalhamos juntos.

Eu não havia mesmo pensado em Jesse dessa maneira. É como se eu estivesse sentindo que meu lado garota é invisível para ele. Jovens brancos não notam moças negras, e moças negras não olham para garotos brancos desse jeito. Mas quando penso nisso, de novo, talvez Jesse goste de mim. Talvez eu goste dele.

– Menina, ele não fica pensando em amizade quando olha para os seus peitos. Quanto a mim, quero aquele alto – Lakeisha diz, me ignorando. – Geralmente não gosto dos que têm pele mais clara, mas ele parece bom.

– Ele tem vinte e cinco anos. É muito velho para você – digo de novo.

– Não é não. Eu preciso de um homem de verdade.

– Pensei que você quisesse um homem com um emprego, não?

– Ele tem um emprego. Mas terá de arrumar um melhor para conseguir as coisas que eu gosto. Diga algo a ele, sim? E prometo não dizer nada para o garoto branco.

– Por que eu iria me importar se você dissesse alguma coisa para Jesse? Não é verdade.

– Você gosta de um garoto branco. Você gosta de um garoto branco – ela diz cantarolando, até que Drew abre a porta do carro.

Brick

Durante semanas, Brick imaginou como abordar Rachel. Como lhe contar a história que prometera. Ele frequentemente se encontra com ela, para almoçar com Jesse. Eles pegavam um pedaço de pizza ou um sanduíche, na mercearia, e iam comer no Pioneer Courthouse Square, e ficavam olhando as pessoas passarem.

Rachel nunca falava sobre si mesma. Quando Brick lhe perguntou onde ela viveu em Chicago, Rachel disse que não conseguia se lembrar. Pela maneira como ela reagiu – com olhos vazios, a voz baixa –, Brick percebeu que Chicago não era uma lembrança frequente. Ele teria de encontrar o momento certo para lhe contar a história que prometeu a Roger.

Hoje ele garantiu a Drew que entregaria uma caixa à avó de Rachel. Esperava que Rachel estivesse em casa.

Brick tomou um longo banho nessa manhã. Nem se ligou quando a água começou a esfriar, pois ainda estava ensaiando em seus pensamentos.

Meu nome é Brick. Mas costumava ser mais que isso. Vivia em um andar abaixo do seu. Em Chicago. Conheci seu pai e ele me disse para lhe contar isto.

Brick se sentiu feliz. Ele ia lhe contar a história. Era uma história que poderia ajudá-la a fazer com que coisas das lembranças de Chicago, que não faziam sentido, talvez fizessem.

A água estava muito fria. Ele ainda sorria. Sentia-se uma moeda cintilante em uma fonte. Ele ia fazer sonhos se tornarem realidade.

Rachel parecia ligeiramente assustada, ele achou, quando abriu a porta, ou talvez fosse só um olhar de surpresa. Seus brilhantes olhos azuis pareciam um pouco úmidos. Ela escondeu o corpo atrás da porta de entrada.

– Oi – ele disse.

– Oi.

– Drew me pediu para entregar isso para sua avó. – Ele fez com que a caixa, cheia de papéis e cartas, parecesse mais pesada do que estava. – Onde posso colocar?

Ela o deixou entrar.

– Por ali –, Rachel disse, apontando para a mesa. – Você me assustou. Eu realmente não estava esperando ninguém. Estava alimentando os pássaros mais cedo, e às vezes eles vêm em busca de mais.

– E eles batem na porta?

– Não, eles tocam a campainha. Clarooooo! – ela disse, mas estava sorrindo, e Brick não se sentiu tão idiota por ter feito a pergunta.

Ele estava somente muito nervoso. Não sabia realmente o que dizer.

– Eles bicam a janela. Pode parecer uma batida – ela falou.

– Ah – ele comentou e tentou rir com ela.

Rachel estava linda. Usava um vestido de verão azul-claro, que ele já tinha visto nela, no abrigo. Os olhos dela, sob a luz do verão, eram brilhantes como faróis.

Brick colocou a caixa na mesa e, de repente, não sabia o que fazer com as mãos. Ele era muito alto, muito desajeitado, muito atrapalhado, muito travado para lidar com as palavras. Nunca tinha estado sozinho com ela antes.

Os olhos dele se fixaram nas fotos sobre a lareira.

– Esse é seu pai? Posso notar a semelhança.

– Mesmo?

– O nariz, a boca. – "E", ele pensou, "pela maneira como sou tocado por você".

– Não me lembro muito bem dele – ela diz. – Quero dizer, sinto falta dele. Mas ele meio que nos abandonou – ela continuou. – Quero dizer, me abandonou. Então Vovó me pegou. Eu vim viver com ela.

Ele não teve de perguntar sobre a mãe dela.

– Sinto muito – ele diz, em vez de *Deixe-me explicar. Seu pai disse que você ficaria a salvo aqui. E essa é a razão.* – Quem é esta? – ele pergunta, segurando a fotografia de uma jovem mulher.

– Minha tia Loretta.

Dessa vez não era medo, mas tristeza o que estava estampado no rosto de Rachel. Brick analisou a foto. A mulher tinha um penteado tipo pagem, brincos de pérolas e um colar combinando, e a mesma linha suave do queixo e as maçãs do rosto salientes, como os de sua sobrinha. Elas não tinham a mesma cor de olhos.

– Você deve ter os olhos de sua mãe – ele disse.

Rachel tomou a fotografia dele quando ele olhou para ela novamente, como se as estivesse comparando. Ela limpou o pó da moldura.

Brick percebeu que estava indo muito rápido. Você não pode encher um quarto de fantasmas quando não sabe o poder que eles têm.

– Sua avó está em casa? – ele perguntou.

– Sim, ela está dormindo. De outra forma, eu não teria permissão de deixar você entrar. Quer esperar por ela?

– Hummm...

– Ah. Tudo bem. A regra é que garotos não são permitidos na casa. Mas talvez você não conte como garoto, uma vez que... bem, você é mais velho.

– Ah.

Brick se sentou. Suas pernas eram incrivelmente longas. Tanto que ele não podia cruzá-las nem mantê-las lado a lado sem parecer efeminado. Ele era um homem bonito, que diminuía o tom de voz ao falar e fazia questão de se manter bem ereto. Colocou as mãos nos bolsos. Desse jeito, pensou, pareceria mais viril. "Você é tão bonito", as mulheres costumam dizer. "Como posso saber que você não é gay?". Era assim que as mulheres brincavam com ele. Sua beleza. Ele aprendera que as mulheres que diziam isso queriam que ele fosse rude com elas, que as tomasse nos braços com força. Ele fez isso algumas vezes, sempre bêbado e drogado, mas não sem a desagradável sensação que mais tarde invadia sua garganta e seu estômago. Ele segurava as mulheres do jeito como as violentas mãos do homem dos pombos o apertavam. Não era o toque que ele queria ou o que queria oferecer.

– E então... você gosta do trabalho no Centro? – Ele colocou as mãos no colo. Devagar, devagar.

– Sim, eu gosto – ela disse, folheando as páginas de um grosso livro. – Se não fosse isso, estaria aqui, lendo, o verão inteiro. Acho que poderia ler a biblioteca toda.

Sem Jesse entre eles, Brick se sentia desconfortável na presença dela. Sentia-se infantil. Em geral suas conversas eram tão fáceis. Ele estava todo nervoso agora, e preenchia o silêncio com perguntas.

Você gosta de ler?

Qual é seu livro favorito?

E como surgiu?

Qual foi o maior livro que você já leu?

Perguntou a ela quais eram suas preferências: comida, cor, dia da semana, feriado.

Ela respondeu as perguntas e então disse:

– Não é assim que se conhece uma pessoa.

Houve um longo silêncio. Então, Brick ouviu um barulho de descarga nos fundos da casa.

– Acho que ela se levantou. – Rachel olhou para a porta fechada. Silêncio. O clique do controle remoto. A televisão ligada. – Acho que ela vai assistir ao programa dela. Sim, é melhor que você não a perturbe agora.

De novo, eles ficaram quietos.

Se ele não ia lhe contar a história de Roger, então deveria ir embora.

Sou Jamie. Morava lá embaixo. Ele não conseguia dizer as palavras. Hoje talvez não fosse o dia certo. Ele se sentiu incomodado, bobo.

Estava para levantar e sair quando ela disse:

– Ei.

– Sim?

– Posso lhe fazer uma pergunta? – ela falou. – Você tinha tantas para mim.

– Sim, claro... – Será que ela sabia a razão da vinda dele? Será que ela o reconhecera?

– O que você é? – ela quis saber.

– O que quer dizer com isso?

– Você é de Chicago. Mas o que você é? Tipo negro ou... como eu?

– Oh, eu sou negro. Básico. – Ele disse "básico" como se estivesse descrevendo um café sem leite. – Normal – ele falou, alterando sua resposta. – Apenas negro.

– Eu não quis dizer... – ela falou.

– Tudo bem – ele retrucou, tentando retirar qualquer rispidez que houvesse em suas palavras. – Eu não me importo. Realmente. – E então: – Você acha que as pessoas lhe perguntariam isso se você não tivesse os olhos de sua mãe?

– Não sei – ela falou e sua voz mudou.

Quando ele olhou para ela, viu um prédio, seu irmão, a queda. Havia, de fato, céu nos olhos dela. Ele quis voltar atrás, engolir a pergunta.

– Ei, podemos ir lá para fora? – ele sugeriu. – Quero ver aquele alimentador de pássaros.

– Mesmo? – ela perguntou.

– Eu costumava saber algo sobre pássaros – ele disse. – Há muito tempo.

No quintal, Rachel se apoiou no portão. Brick se sentou em um toco de árvore.

– Você conheceu a filha de Drew, Lakeisha? – Rachel perguntou.

– Sim.

– Ela gosta de você.

– O quê?

– Ela tem dezoito anos.

– Oh.

– Eu disse a ela que se você, Jesse e eu fôssemos a algum lugar, ela poderia vir.

– Claro.

Um pássaro voou da nogueira do vizinho. Deu umas bicadas no alimentador e depois voou para longe.

– Ele chegou tão perto – Rachel comentou. – Como pode?

– Acho que a gente não dá medo nele.

– Eu sei disso. Quero dizer... você disse que conhecia bastante sobre pássaros. Isso é uma coisa que esse tipo de pássaro faz normalmente?

– Não sei. Sabia como eles são e me lembro de como cantam. Não muito sobre o que fazem ou coisas assim.

– Era isso o que você queria fazer? Antes...

Antes que ele se tornasse um vagabundo, Brick sabia o que ela estava pensando. Antes que ele fosse um drogado, um bêbado, alguém que viveu na rua.

– Um ornitologista – ela completou.

– Palavra difícil.

– Gosto de palavras difíceis – ela disse.

– Nunca pensei em gostar de palavras – ele comentou.

– Do que você gosta mais? Acho que eu poderia adivinhar – ela diz. – Música.

– Você está certa – ele falou, e pegou sua gaita, a gaita de prata que tinha sido um presente de Roger.

– Você toca isso? Também? – ela perguntou. – É estranho que você toque isso.

– Estranho? É uma maneira de fazer música com um assobio – Brick falou. – Como faz um passarinho. Deixe-me mostrar a você. – Com as mãos em concha sobre o instrumento, com seus olhos fechados, ele tocou a canção de Roger. – É uma canção que aprendi uma vez. Agora penso que seja uma canção que eu fiz – ele disse.

– Como você chama isso? – ela perguntou.

– Não sei.

– Ela precisa de um título. Acho que eu a chamaria de "Voo".

Como ele diria o que tinha a dizer? Em vez disso, falou:

– Não tenho vinte e cinco anos. Tenho dezessete. Menti para poder ficar no abrigo. Não queria ser mandado para um orfanato. Eu fugi. Quando tinha onze anos. Meio que vivi durante anos com quem ficasse comigo. Quero dizer… eu fugi, mas pensei que estava indo atrás de alguma coisa. Eu simplesmente me perdi no caminho, em algum ponto.

– Para onde você estava indo?

– Para cá, eu acho. Penso que estava vindo justamente para cá. Eles não sempre dizem que você acaba exatamente onde deveria estar?

– Você sente falta de casa? – ela perguntou.

Ele encolheu os ombros. Sentir falta de pessoas, sentir falta de casa. Ele não se permitira um sentimento desses há muito tempo.

– Fiz tantas coisas diferentes quando vivi na estrada: fui trabalhador do campo, operário, pianista de bar. Não acho que perdi muita coisa. Mesmo que eu não tenha tido uma formação apropriada, penso que tive um monte de experiências de crescimento. Exceto... – e incapaz de explicar o motivo pelo qual montanhas-russas, algodão-doce, amendoim tostado e rodas-gigantes apareceram de repente em sua mente, ele prosseguiu: – ... um parque de diversões. Nunca fui a um passeio desses.

Ele se sentia adolescente perto dela, de volta a sua própria idade, e talvez mais jovem ainda. Ele sentiu falta de uma chance de levar um susto só por diversão.

– Eu era pequeno para minha idade. Se é que você pode acreditar nisso. Não era suficientemente grande quando criança para ir muito longe.

– Isso é fácil – ela diz. – Vamos tirar um dia para ir. Eu adorava parques de diversões. Há o Oaks. Não é a Disneylândia... mas chega perto.

– Tudo bem – ele responde. – Tudo bem. – "Tudo bem", ele pensa, "é um encontro".

– Na próxima semana. No próximo sábado?

– Certo. Sim, tudo bem.

Eles permaneceram em silêncio, observando o vaivém dos pássaros. Eram pássaros comuns: pardais, tordos e, ocasionalmente, um grande corvo. Então Brick colocou as mãos no bolso, com medo do silêncio. Mas com certeza, hoje, ele não iria contar.

– Não vou contar seu segredo. É uma promessa – ela disse. – Sou boa em manter a boca fechada.

Nella

Dia 766. Não sei o que fazer. Por que ele fez isso? Podia ter acontecido alguma coisa. Quando cheguei em casa do trabalho, só Doug estava ali, vendo televisão. Quando perguntei onde estavam as crianças, ele falou que as tinha levado ao parque. Disse que elas quiseram ir. Sei que querem ir, mas não podem ir sozinhas. Não podem ficar sozinhas lá fora. Elas não conhecem este lugar. Ele disse que lhes ensinou como voltar para casa. Que mostrou o caminho. Não posso acreditar que ele as levou para fora e as deixou lá. Fui atrás delas para trazê-las para casa. Elas estavam bem lá quando cheguei. Eu as abracei apertado. Acho que Robbie estava assustado por me ver chorando. Fiquei tão feliz por eles estarem bem. Meus bebês estavam bem. Mas e se tivesse acontecido alguma coisa? Não posso pensar nisso. Tudo está na minha mente.

Rachel

A pizzaria onde Jesse costuma ir sempre, no sudoeste da cidade, está lotada. Na noite de hoje, está cheia de jovens roqueiros com cabelos tingidos de preto e correntes pendendo de seus cintos.

– Eles devem ir embora logo – diz Jesse –, para perambular pelas alamedas perto da faculdade e pelo centro da cidade.

Mas, neste momento, a vitrola automática está tocando bem alto "música de branco", como diz Lakeisha.

– Podemos ir para algum outro lugar?

Eu concordo com Lakeisha pela mesma razão, mas, em vez disso, falo:

– Que tal se a gente pegar a comida para fazer um piquenique em algum parque?

Jesse e Brick concordam e se dirigem ao caixa para pedir pizzas para viagem. No caixa, Brick acidentalmente tromba com um dos jovens roqueiros.

– Ei, preste atenção – o garoto diz.

– Desculpe, foi mau – Brick diz.

– É, foi mesmo.

Brick é muito maior do que o roqueiro – na verdade, do que qualquer outro no lugar –, e é difícil imaginar que o garoto ousaria lutar com ele. Mas é o tom de sua voz que me faz pensar que ele esteja louco para provar, a seus amigos, a sua namorada ou a si mesmo, que não vai deixar barato. Não esta noite.

– Tudo bem, fica frio – Brick fala. Ele está acostumado a ser o alvo. É o cara que você tem de desafiar para provar que não está com medo.

– É... fica frio, cara – Jesse diz. Não há nada impetuoso ou ameaçador no que Jesse fala. Mas ele olha o roqueiro nos olhos e é como se compartilhassem algum código secreto. É como se dissesse algo como: Ele está comigo. Ele está bem.

– Bem, só diga pro seu "irmão" para ir com calma. Ele quase derrubou o refrigerante da minha mão.

Mas antes que a gente pudesse pensar mais a respeito, as pizzas estavam prontas, e nós saímos de lá. É verão. Uma perfeita noite de verão.

No parque Laurelhurst, estendemos um cobertor que Jesse encontrou no porta-malas de seu carro. Ainda está calor, mesmo depois de escurecer. O céu está cheio de estrelas.

– É preciso ter algo de beber numa festa. – Jesse comprou dois pacotes de meia dúzia de cervejas no supermercado, com uma identidade falsa.

– É isso que eu costumava dizer – comenta Brick, quando vê a cerveja.

– Bem, não você, cara. Devíamos ter comprado uma cerveja sem álcool para você. Desculpe.

– Tá tudo bem.

Lakeisha pega uma cerveja e me estende outra.

– Eu não vou contar, se você não disser nada. – Ela abre a cerveja. Eu também.

É uma perfeita noite de verão e estou sentada mais perto de Jesse do que normalmente faço, ou talvez ele esteja sentado mais perto de mim.

Jesse faz um monte de perguntas 'e se...'.

– E se... pudesse morar em qualquer lugar, onde seria?

– Em uma grande casa antiga – Lakeisha diz.

– Jamaica – é a escolha de Jesse.

– Algum lugar na Europa – falo.

– Aqui mesmo. Nesta cidade. – Essa foi a resposta de Brick.

– É provavelmente onde vou acabar também. Trabalhando no escritório de advocacia de meu pai – diz Jesse.

Conversamos sobre tudo. Então, também falamos de sexo. Os meninos falaram sobre sexo. Lakeisha e eu escutamos.

– Minha educação sexual veio de um catálogo da Sears Roebuck – Jesse conta. Ele bebeu duas cervejas nessa noite e dava para ver o rubor nas maçãs de seu rosto. – Eu tinha uns nove anos e meu primo mais velho... ele estava com doze e não sabia de nada. Mas, naquela época, eu não sabia disso. As coisas que ele me contava. De qualquer forma, ele disse que eu podia ver por conta própria bem ali, no catálogo da Sears. Havia garotas de sutiã e calcinha.

– Fui para casa naquele dia e levei o catálogo para o banheiro, encontrei a página certa e comecei a me masturbar. E aí meu pai abriu a porta. Fiquei como em estado de choque. Ele disse "Filho?", e podia ver que eu estava com o catálogo aberto na página das mulheres maiores. Ele disse: "Desculpe, filho. Continue". Fechou a porta e eu segui em frente. Essa foi a única conversa sobre sexo que ele teve comigo. Acho que ficou feliz porque eu não era gay.

Todos demos risada.

– Aposto que sua avó tem uma ou mais coisas para lhe ensinar... – Jesse diz, sorrindo para mim.

Eu sorrio, mas fico feliz por Brick falar logo na sequência e isso tirar a atenção de mim.

– Eu também não tive muita orientação sobre sexo – Brick diz. Ele está sorrindo, mas sua voz está trêmula.

– Vamos lá, cara – Jesse fala. – O que você precisa aprender? Quero dicas suas. As mulheres se atiram em cima de você.

Lakeisha ri.

– Não estou nessa. Você tem de ter cuidado com as pessoas – algo mudou no seu humor. – Só estou dizendo que fui iniciado no que é o sexo ou algo do tipo...

Posso jurar que há mais do que o segredo sobre sua idade, em seus olhos.

– Ah... deixa pra lá – ele fala. – Estou fazendo a coisa parecer uma reunião.

– Oi, meu nome é Brick – Jesse diz. – Sou um matador.

Brick sorri e dá um empurrão no ombro de Jesse, brincando. Eles fingem que lutam, Brick derruba Jesse e o segura no chão. Facilmente. Mesmo que seja só fingimento.

Está esfriando. Nuvens cobrem as estrelas, mas a lua ainda está brilhando. Luminosa, quase cheia. Jesse me dá sua jaqueta e outro cobertor, de seu carro, para Lakeisha. Ele não lança a jaqueta nas minhas costas, como uma capa, mas a coloca como se fosse uma manta e meio que me envolvendo. Quando nos sentamos e ninguém está olhando, ele coloca a mão sob a jaqueta, toca meu joelho e me dá um aperto.

Dá para ouvir os patos se agitando no lago agora. E por alguma razão isso faz com a que gente se cale. Não podemos vê-los de onde estamos sentados, mas é como se fosse um bando inteiro que pousara para passar a noite.

– Vamos lá – Jesse diz, afastando a tristeza. – Vamos alimentar os patos com as bordas que sobraram.

Descemos o morro correndo, em direção ao lago. Brick carregando a caixa, Jesse abrindo o caminho, e Lakeisha e eu atrás dele.

Podemos ouvir os patos, mas não os vemos. Lançamos várias bordas na água. Nenhuma ave aparece.

Jesse decide que se os patos não vêm até ele, ele irá até eles. Tira os sapatos, levanta sua bermuda e anda dentro da água, na direção de onde parece que estão aninhados.

– Você é louco – Lakeisha diz e se senta em um banco, na beira do lago.

Jesse está com água na altura de suas coxas. Continua jogando pedaços das bordas das pizzas na água, a princípio como moedas lançadas em um poço dos desejos, depois como *frisbees* sobre a superfície da água. Ouve-se um grasnar bem alto e, de repente, um bando de aves levanta voo da touceira de juncos e mergulha na água, onde Jesse está. Ele fica cercado e eles vão pegando as bordas que ele já lançou.

– Ei, me tragam mais.

Brick se volta para mim e estende sua mão.

– Não quero me molhar – digo.

– Então, vou carregar você.

Ele se ajoelha para que eu possa subir em suas costas e entra na água, seguindo para onde Jesse está. Ele é tão alto que meus pés mal tocam a água enquanto ele me carrega.

– Estes são apenas marrecos, mas aqueles ali são cisnes – Brick diz. – Se você olha bem de perto, pode vê-los entre a vegetação mais alta.

– Não consigo vê-los – digo.

– Então precisa ouvir. Vai reconhecê-los pelo som.

Brick coloca a mão na boca e imita um ruído de ave, como nenhum outro que já ouvi. Uma vez. Duas vezes. E, então, na terceira vez, o som não é o que ele faz, mas outro, que a gente ouve.

– Nossa... O que significa esse som? – pergunto.

– É um chamado de contato – ele diz. – Acho que quer dizer "Ei, estou aqui. Estou com você também".

Naquele momento, um dos cisnes nada até onde está Brick, passando entre o que parecem ser dúzias de patos. Permanecemos na água, entre as aves, até que não tivesse mais nenhuma comida para alimentá-las. Assim tudo acaba, as aves alçam voo. Nós ficamos observando enquanto elas se afastam.

Os garotos estão completamente molhados. Cheiram igual ao lago. Jesse fica de cueca e enrola um cobertor nas pernas. Brick continua torcendo a bermuda, formando assim uma poça de água sob seus pés. Estamos tremendo, então entramos no carro de Jesse para nos aquecer. Jesse e eu sentamos na frente, Brick e Lakeisha, atrás. Jesse liga o aquecedor e então mexe no porta-luvas e pega um saquinho.

– Você tem um isqueiro? – Jesse pergunta a Brick.

– Isso é droga – Lakeisha diz.

– É inofensivo – Jesse fala.

– Não é legal – continua Lakeisha. – Você pode ser preso por ter isso.

– Ah... não me diga!

– Meu cabelo vai ficar com esse cheiro e vou ter problemas – Lakeisha fala.

– Abra a janela. Então, cara, tem isqueiro?

Brick balança a cabeça, em sinal negativo. Jesse revira o porta-luvas e, depois, o compartimento ao lado de sua porta. Ele me pede que procure na minha porta também.

– Com quanta frequência você faz isso, cara? – Brick pergunta.

– Só de vez em quando. Não muito. Não é como aquela gente – diz.

– Não é um problema isso, Brick – eu digo mesmo que não esteja bem certa disso.

Jesse encontra uma caixa de fósforos e acende um. Eu pego uma cerveja. Está suada, por causa do calor.

– Você pode abrir isso para mim? – peço a Jesse.

– Estou indo embora – Brick diz.

– Vou com você – diz Lakeisha.

– Rachel? – Brick olha para mim.

– Estou bem. Jesse pode me levar para casa.

Lakeisha e Brick saem do carro. Tudo fica em silêncio depois que eles vão embora e a fumaça preenche o ar. Jesse passa o baseado para mim, mas eu aceno dizendo que não. Continuo bebendo minha cerveja.

– O que quis dizer quando disse que não era como aquela gente? – perguntei depois que Brick e Lakeisha se foram.

– Você sabe, todos loucos. Transformados em vagabundos.

– Brick não é um vagabundo.

– Eu não estava dizendo isso.

– Soou como se você pensasse que ele era um vagabundo, ou mesmo que você não era como aqueles homens do abrigo porque... parecia que você estava se referindo a gente negra... não sei.

– Não quis dizer isso – Jesse afirma. – Não pense isso – ele fala e dá uma nova tragada. – Você não está brava, está? – A maneira como ele diz isso parece um pedido de desculpas.

Não quero ficar com raiva.

– De qualquer forma, você é diferente, sabe? É como se fosse negra, mas não realmente negra – ele diz. – Não fique brava, sim? Quer um pouco? Quer experimentar? – Ele gesticula com a mão, antes de uma outra tragada.

– Não – digo, mas pego outra cerveja.

O céu está girando. E sinto uma agradável pressão em minha cabeça. Estamos deitados no chão, de novo, olhando as estrelas. Jesse está falando sobre viagens: Equador, Peru, Argentina, Chile.

– Brasil – ele diz. – Você sabia que se parece com todo mundo lá?

– Mesmo?

– É que lá, basicamente, todo mundo é mulato. Pele marrom com olhos verdes, olhos cinzas, olhos azuis. É tudo assim. Exótico. Aquele é o seu povo – ele diz. – Você não gostaria de ir? De estar em um lugar como aquele?

– Como aquele, como? Um lugar onde todas as pessoas se parecem comigo?

Minha cerveja está vazia. Jesse me dá outra. Bebo como se estivesse com muita sede.

– Então, vamos. Vamos lá – ele diz.

– O que quer dizer?

– Eu pego o cheque que meus pais me deram para pagar a matrícula, vamos comprar duas passagens e vamos mochilar pela América do Sul. Você vai amar. Vai se encaixar direitinho.

– E a faculdade? – pergunto.

– Quando voltarmos, a faculdade ainda estará lá – Jesse fala.

– Isso se chama fugir – eu digo.

– Ou se chama vontade de conhecer o mundo – Jesse retruca. – Ou ambição.

E então ele me dá uma olhada que não deveria me surpreender, mas surpreende. Porque mesmo que eu pensasse que estava gostando dele, até aquele momento parecia impossível que ele também estivesse gostando de mim.

Jesse se aproxima de mim e leva sua mão aos meus lábios. Ele me toca como uma criança toca a face de uma pessoa estranha. Ele quer traduzir o que está acontecendo entre nós através da ponta de seus dedos, ter a certeza de que pode confiar no que está sentindo ao tomar-me em suas mãos. "Você é uma pessoa amável?", "Bem, deixe-me sentir seus lábios", "Eles são macios?". Seus dedos deslizam sobre as maçãs de meu rosto e meus olhos fechados; como um homem cego, criando-me por si mesmo. O calor me invade em círculos que se ampliam.

– Lembre-se – ele diz –, eu não vim aqui hoje procurando por isso.

Eu balancei a cabeça e o beijei, ainda um pouco distante e contida, porque não tinha caído em mim.

– Corra!

Não é uma coisa fácil de fazer. E eu não sei ao certo por que estamos fazendo isso. Mas recolhi minhas roupas, que estavam espalhadas ao meu redor, e as segurei, rapidamente.

– O que estamos fazendo? – perguntei.

– As sirenes. Você não as ouviu?

E agora sim, mas acima de tudo o que posso ouvir são as batidas rápidas de meu coração, e a respiração dele em minha orelha, quando ele sai de cima de mim.

– Sirenes significam perigo. Querem dizer vá embora.

Não consigo saber se ele está falando sério ou não, mas me apresso em colocar minhas roupas e a gente sai do carro.

– Corra. Para a fonte. Vai.

Eu faço tudo que Jesse diz. Nem sequer penso. Então corro e corro mais depressa. Corro ladeira abaixo e ao redor da quadra de tênis em direção aos postes de luz, onde fica a grande fonte. Estou correndo no escuro e sem medo nem perder o fôlego. Há vento no meu cabelo e sinto esse vento me empurrar para a frente, como se eu pudesse voar. Estou na fonte, que magicamente ainda borbulha e permanece iluminada. Sou a primeira a alcançá-la.

– Ganhei.

– Você ganhou – Jesse disse, ofegante, chegando cinco passos depois de mim.

– Qual é o meu prêmio?

– Este... – Ele espirra a água da fonte com as duas mãos, batendo forte na superfície, como se fosse um tambor.

Estou coberta de água, quase tão molhada quanto Jesse, da lagoa e dos respingos. Não apenas minha blusa, mas minhas calças, meu rosto e meus cabelos estão molhados. Ele me puxa em sua direção. A gente se beija. As luzes da fonte formam um halo brilhante atrás de nós. Então, subitamente, ele se inclina sobre a beirada da fonte e mergulha a cabeça. Como se estivesse sendo salvo. Quando ele levanta, sacode a cabeça como um cachorro molhado, e eu fico ainda mais encharcada.

– Você também – ele diz. – Limpe a cabeça – ele fala. – Não posso levar você para casa ligadona como está agora.

A parte que deveria saber que olhos vidrados e cabelos com cheiro de maconha seria mais fácil de disfarçar do que roupas encharcadas, cabelos molhados e cheiro de água suja não assume o controle em mim. Em vez disso, a parte que deseja ser satisfeita está no comando; é a parte de mim que quer ser parte de algo, mesmo se for apenas do plano maluco de Jesse. Eu me levanto e me aproximo da beirada da fonte, colocando quase meu corpo inteiro para dentro dela. Seguro a respiração. Mergulho minha cabeça na água fria e subo à tona, para tomar ar de uma vez.

– Sim!

Ele me beija de novo.

As sirenes se calaram. Mas agora há um grande buzinaço. Dois ou três carros buzinam como se estivessem conversando um com o outro. Tem um rock bem alto tocando. Um grito.

– Neguinha! Neguinha!

E depois:

– Amante neguinha!

De novo e de novo e de novo.

– Idiotas – Jesse grita. Barulhos de motor. Uma freada brusca e a poderosa sequência do som outra vez. E risadas. Eles continuam rindo.

– Não ligue para eles – Jesse diz.

Mas eu me incomodo.

De volta para o carro, Jesse desenha um mapa em mim, com seu dedo. Ele traça uma linha da minha coxa ao meu peito. Planos de viagem.

– Nós realmente podíamos ir – ele diz.

Minha cabeça está confusa. Meu ouvido ruim está latejando, como se houvesse água lá dentro, se espalhando como em uma praia.

– Nós iremos daqui... – ele diz. Meu umbigo é o México. – Até aqui – ele continua. Em algum lugar perto do osso do quadril fica a costa panamenha.

Normalmente eu pareço tão clara, como um candelabro de marfim, perto de John Bailey ou de Anthony Miller. É a luz ou a pele realmente branca de Jesse que me torna mulata. Ou talvez seja algo mais. Quem sabe, apenas palavras.

Ele desenha círculos dentro de círculos, no meu meio. Ele me faz marrom e ainda mais marrom.

– Nunca fiz isso com uma jovem negra antes – ele diz.

– Viajar?

– Você é engraçada.

– Sim – digo –, eu sei.

Rachel

Um vento interior me envolve dos pés à cabeça. Posso sentir meu rosto ficar quente.

– Boa-noite, boa-noite, garota moca. Minha namorada moca. – Jesse canta a última parte. – Quer que eu a acompanhe nos degraus da escada?

– Não, não, não – digo e me ouço falar muito alto. – Não quero acordar minha avó. Não quero que ela o veja.

– Não quero vê-la de novo daquele jeito – ele diz e ri como se fosse explodir. – Boa-noite – ele canta bem alto e fora de tom. Não consigo ouvir o resto depois de fechar a porta do carro.

O vento que estava soprando dentro de mim faz redemoinhos em minha cabeça. Ele me deixa confusa e instável sobre meus pés. Uma sensação de derretimento parece me puxar para o chão. Eu me agarro no corrimão para me manter em pé. Quando estou no topo dos degraus da varanda, ouço Jesse cantar mais notas desafinadas pela janela do passageiro, que está aberta.

– Garota moca! – Ele buzina. E vai embora a toda velocidade.

– Obrigada, Jesus, e a todo mundo. – Quando eu abro a porta, Vovó está sentada ali como se estivesse em seu trono para o Dia do Julgamento Final. Ela está com as mãos postas, em oração. – Senhoritazinha, você quase nos mata de preocupação.

"Nós", ela diz, e é quando noto que Drew está parado na porta da cozinha.

– Você vai precisar disto – ele diz, aproximando-se de mim com uma xícara de café.

– Olhe como você está, uma bagunça molhada. Vai chamar a morte se ficar vagando de noite desse jeito – Vovó diz.

– Brick me ligou – Drew conta. – Disse que estava preocupado com você.

– Não precisava. Obrigada. E boa-noite – eu respondo e me dirijo para meu quarto.

– Volta aqui, mocinha – Vovó grita.

– Boa-noite, Vovó. Boa-noite, Drew – digo chegando ao quarto.

– Rachel?

Eu me viro e posso ver como Drew está olhando para mim. Não sou uma criança. E, agora, ele sabe disso.

– Não é responsabilidade minha controlar você ou lhe dizer o que fazer. Mas não acho que esteja fazendo bem nenhum a você mesma, vagando por aí como esteve esta noite – Drew fala.

– Não é da sua conta.

– Não fale desse jeito. Você tem de respeitar Drew. Tem de respeitar esta casa – Vovó diz.

– Rachel, você tem um futuro à sua frente. Pense nisso.

– Deixe os homens em paz, Rachel. Eles não sabem o que fazer com beleza ou com alguém especial. Não na sua idade. Eles não sabem o quanto você vale.

As vozes deles se confundem, misturadas. Minha cabeça está girando. Quero ir para a cama. Acho que vou vomitar.

– Não se comporte como lixo, como fazia sua mãe. Não é uma coisa que uma garota negra possa se permitir.

Eu posso sentir a garrafa azul se estilhaçar dentro de mim.

– Você quer que eu seja especial e quer que eu seja sua – eu grito. – Mas não posso ser as duas coisas. Você sabe disso melhor do que eu – "*Neguinha, neguinha, amante neguinha*". – Sou filha de Nella Fløe. É isso que me torna especial: eu.

– Conte pra gente. Vai... – Vovó diz com uma calma que ela não tinha segundos atrás. – Conta pra gente a maravilhosa senhora que sua mamãe era.

Posso ver o rosto de Mor diante de mim. Seus olhos molhados. Seu olhar infeliz.

– Continue e diga pra gente – Vovó fala. – Você acha que aquele bebê ou Robbie ou Charles iam concordar?

NAQUELE DIA, o ar úmido nos envolveu. Nenhum muro separava o telhado do céu, porque ninguém ia supor que uma pessoa andaria por ali. O homem dos pombos tinha quebrado o cadeado da porta há muito tempo, e nós fomos para o telhado, de onde podíamos ver toda a vizinhança.

O vapor silencioso que a respiração de Mor exalava parecia preencher todo o espaço onde estávamos e o ar à nossa frente. O vento tinha lançado seus cabelos ao rosto. Isso fez com que ela parecesse confusa agora, e não livre. Ela nos levou cada vez mais próximos da beirada.

– Podemos ir embora agora? – Robbie perguntou. Seu rosto estava úmido como um prato bem lambido, por causa da chuva que caía sobre nós.

Mas quando Mor empurrou Robbie para fora do telhado, ele não fez um ruído sequer, apenas olhou para mim e estendeu sua mão. Eu não o vi cair. Era como se ele tivesse se rendido ao ar.

Mor veio até mim em seguida, e eu gritei. Ela parou e me olhou. Então, era como se ela tivesse visto através de mim. Tirou sua mão de meu ombro e se virou no ar. Deu um passo além da borda, com Ariel em seus braços, e dançou pelo céu. Elas dançaram com uma nuvem. E por um instante eu pude ver Mor sorrindo.

Então eu pulei, atrás de Robbie. Pensei que pudesse me lançar da beirada e cair mais rápido que ele, chegar ao chão antes dele, segurar sua mão, ajudá-lo a não ficar com medo.

Eu também dancei com aquela nuvem. Eu olhei lá em cima e ao meu redor, através da neblina. Senti minhas células se expandindo no espaço e me senti maior e mais pesada do que nunca. E então eu cheguei ao chão.

Empilhada em cima de Robbie, perto das cabeças estraçalhadas de Mor e de Ariel, eu fiquei ali esperando por uma ambulância também. Mas eu sobrevivi.

– Não era para eu ter um futuro – digo. – Não importa o que eu faça. Esta é minha vida. É minha vida para jogar fora.

Laronne

– Não há um só dia em que eu deixe de pensar naquela mulher – Doug disse. Seu rosto estava enrugado e muito queimado do sol. Seu cabelo vermelho não estava tão alaranjado ou lanoso como Laronne costumava lembrar; tinha mechas grisalhas nas têmporas e no cavanhaque aparado. Vestia uma camisa abotoada e calças cáqui. Suas unhas eram roídas, mas limpas.

– É? – Laronne notou que ele não disse o nome de Nella.

Haviam se passado seis anos desde o acidente, e Laronne estava sentada diante do antigo namorado de Nella em uma lanchonete perto do trabalho. Ele bebeu café, colocou mais açúcar. E mexeu.

Doug a havia procurado em seu emprego na semana passada. Ele estava trabalhando em seu quarto passo. Queria fazer algumas correções. Será que ela sabia onde ficava o túmulo de Nella?

– Não sei onde ela foi enterrada – Laronne disse. – Queria saber o que você tem a dizer.

Doug esfregou seus olhos. Ele mexeu mais o café e acrescentou mais e mais creme até ficar marrom-claro. Então, começou a chorar.

– Sabe... estou mudado. Tenho estado sóbrio há quase quatro anos agora. Vivendo um dia por vez. Feri muita gente com meu vício. Ninguém mais do que Nella. Era uma linda mulher. Muito tempo se passou até que eu aceitasse que Nella tinha partido. Eu não podia lidar com isso. Nella viu o que havia de bom em mim e também vi isso nela. Eu deveria ter sido melhor. Não fui.

– Você é um merda, sabe. – Laronne nunca usava esse tipo de expressão.

– Eu deveria ter dito a ela. Antes.

Laronne puxou uma cópia do artigo de jornal sobre o acidente e colocou bem na frente dele.

Doug leu a manchete. Ela podia ver os lábios dele se movimentando enquanto lia. Dois minutos depois, o movimento dos lábios a fizeram notar que ele ainda não havia terminado de ler. Mas ele afastou o papel para longe.

– Testemunhas indicam que há suspeitos. A polícia está investigando para desvendar o crime. – Ela lia as frases como se cada palavra tivesse um ponto de exclamação. – Então? – ela perguntou. – Eles nunca encontraram você. Por que você fugiu?

– Você pensa que eu fiz algo? O quê? Você é louca? – Doug disse. – Ah, meu Deus! Não. Não. Eu não estava lá. Eu tinha ido embora antes.

– O que você está dizendo? – ela falou. – Você foi procurar por ela, naquele dia. No trabalho.

– Sim, mas foi só isso. Não voltei para o apartamento até o dia seguinte. E depois, eu não era um cara constante – ele contou. – Nella sabia disso. Nós dois fingíamos que aquilo poderia funcionar. Primeiro, éramos amigos. Minha primeira vez no programa. Eu me senti bem. Ela estava sóbria há um ano e dez dias. Mas ela não sabia como fiquei feliz ao conhecê-la. Era como se ela estivesse tentando mudar por algum motivo. Ela precisava de diversão em sua vida; precisava de alguma diversão. Nós tivemos boa diversão. O que estou dizendo é que eu a amava e o tipo de amor que eu tinha por Nella fez com que ela desejasse coisas novas. Depois, convenci Nella a se mudar com as crianças para Chicago, sabe, meus velhos amigos estavam aqui. E então eu fui. Por uma noite, depois uma ou duas. Não estou orgulhoso da forma como agi. Sou um alcoólatra e um viciado. Não conseguia permanecer limpo. E o bebê. Chorava. Quando eu disse "faça um teste de paternidade", estava drogado. Não era meu filho. Nós não tivemos meu filho. Entramos naquilo. Nós...

Laronne olhou para ele, intrigada.

– Não era meu. Não quero que você deprecie Nella. Nós ficamos juntos antes que ela o deixou. Mas o bebê, Ariel, não era meu.

Era algo que Laronne imaginara, mas nunca havia perguntado. Não tinha importância para ela.

– Você sabe que eles escurecem. Com o tempo – ele disse.

Laronne sentiu seu estômago se apertar.

– Você nem sabe – ele continuou. – Um bebê pode parecer branco quando nasce e então, então... então eles simplesmente vão ficando negros. Cabelo de negro. Nariz de negro. O verão faz com que eles escureçam mais.

– Ficou com medo de ficar com três *neguinhos* nas suas mãos?, Laronne perguntou.

– Essa coisa, a palavra, eu disse para as crianças. A gente fala as coisas que ouve enquanto está crescendo. E eu estava drogado. Não é uma desculpa, mas é verdade – Doug falou. Ele havia parado de chorar. – Eu nunca fiz o teste. Não pensei nisso. Um tempo depois, fiquei fora o dia inteiro com meu chapa. Ela me disse, ela disse que era dele. O tempo todo ela sabia, porque ele já tinha feito o teste. E isso me fez cair fora. Estava ficando louco. Aquelas crianças com aquela televisão muito alta. Olhe, eu nunca tinha batido em uma mulher. Mas ela ficou gritando, gritando. "Fique longe de meus filhos." "Cai fora." Ela não parava. Eu não queria feri-la. Não achei que a tivesse machucado tanto, até perceber que ela tinha perdido um dente. Eu só queria que Nella parasse de gritar. Não quero me justificar. O que fiz não era certo. E então, você sabe, fui embora. – Ele começou a chorar de novo. Seu rosto ficou todo vermelho. – Nunca mais terei oportunidade de corrigir.

Laronne olhou fixamente para ele e, depois, para o espaço.

Doug arrastou o artigo de volta para si na mesa, disposto a terminar a leitura. Olhou para cima, seus lábios ainda se movendo:

– Rachel sobreviveu?

– Você não tem o direito – Laronne falou – de dizer o nome dela.

Nella

Dia 770. Hoje, Doug veio em casa. Não sei por que contei a ele – ele nunca gosta de ouvir o nome de Roger. Mas ele não é o pai de Ariel. Ele ficou tão louco. As crianças estavam assistindo à televisão. O volume estava muito alto. Ele estava certo, mas não precisava falar com eles daquele jeito. Não precisava gritar. Ele bate na televisão com a mão. Rachel não se moveu. O bebê começou a chorar. Ele puxou o fio da tomada. Eu não sabia o que fazer. Fiquei ali, parada. Ele bateu em Rachel com o fio. Ele disse – ele gritou com meus filhos – ele disse:

– Seus malditos n... – Aquela palavra.

A maneira como Rachel olhou para mim. Lágrimas pesadas em seu rosto. Nenhum som. Ela estava um passo atrás, talvez esse passo permaceça para sempre. Ela conhece a palavra. É negra. Se é apenas uma palavra, então ela não me tem.

Eu não podia parar de gritar. Não podia parar de gritar. Não senti nada quando ele bateu em mim. Mesmo quando senti que estava perdendo o dente. Eu disse pra ele cair fora! Gritei com ele e disse que era melhor nunca mais chegar perto de meus filhos, de minha família.

Minha boca parou de sangrar. Rachel limpou o vidro que eu joguei na porta. Roger estava certo. Isso é tudo que existe para eles, só o que o povo enxerga. Meu Deus, estou fazendo isso de novo. Não posso fazer de novo. Eu prometi. Charles, desculpe. Não posso ser desculpada de novo.

Rachel

Apago as luzes do banheiro. Minha cabeça está latejando. Ligo o chuveiro e entro antes que a água esquente. Estou cheirando a água de lago. Espero que Vovó não possa ouvir as ânsias de vômito que surgem da tontura. Então, vem o suor. Estou suando e estou tonta. Amargor ácido em minha língua e em meus lábios. Nem a água ou a pasta de dentes que engulo conseguem eliminar esse gosto. Continuo vomitando até que minha garganta e minha boca ficam secas. Eu cuspo. E cuspo de novo. E pego a barra de sabão e esfrego minha pele.

Esfreguei o cheiro, a cor, as palavras.

Esfrego entre minhas pernas até que me machuco. Esfrego entre minhas pernas como se estivesse apagando o que está ali embaixo, o que me faz eu, o que poderia fazer.

– Você está bem? – Vovó pergunta, através da porta. Mantenho minha boca fechada. A náusea está me invadindo outra vez. – Rachel.

– Sim, senhora. Estou bem, senhora.

Os pés da Vovó se arrastam ao longo do piso de madeira. Ela vai até a porta da frente e Drew vai embora. Ouço a porta do quarto dela se abrir e fechar.

Eu esfrego. Eu esfrego.

A água fica fria. Eu me sento no chão enrolada em uma toalha.

Só horas depois é que eu acordo, no chão frio do banheiro, de um pesadelo que é uma lembrança.

A fechadura quebrada da porta.

Pequenos passos em direção ao céu.

O ar úmido.

O rosto de Robbie.

As mãos de minha mãe.

É de manhã. Eu chamo isso de Dia 1.

Nella

Dia _____ . Cansada demais para virar a página. Não consigo fazer isso de novo. Eles são meus. Se as pessoas não podem ver isso, como posso mantê-los a salvo? Charles está todo o tempo em minha mente. Tudo novamente. Ele era tão pequeno e se escondia tão bem em todos os lugares. Ele se escondia e a gente nunca o encontrava. Eu devia ter levado ele comigo aquela noite, ele ainda estaria vivo. Se eu tivesse levado Charles, ele estaria comigo agora. Desta vez, eu vou levar as crianças comigo. Elas irão para onde eu for.

Brick

– Já é o próximo sábado – Brick disse quando Rachel abriu sua porta da frente.

Brick tinha telefonado todos os dias da última semana, mas ela não o atendera. Rachel não foi ao trabalho no abrigo durante toda a semana. Sua avó disse que ela quase não saiu de seu quarto, porque estava doente.

– Próximo sábado?

Embora o sol estivesse na frente de Rachel, parecia que ela estava sendo iluminada por trás. Seu vestido branco resplandecia em torno dela. E, em seus olhos, havia uma faísca azul calorosa.

– O parque de diversões?

Brick levava tudo ao pé da letra. Ela tinha esquecido. Ela não queria dizer isso, literalmente.

– Ah, sim – ela disse. – Onde está Jesse?

– Sou só eu.

– Ah – ela o inspecionou como se fosse uma carta enviada sem selo.

– Você ainda quer ir? Parece que ainda está doente.

– Estou melhor – ela disse, puxando sua própria orelha. – Sim, vamos lá.

O coração dele disparou.

– Devo esperar por você aqui?

– Só preciso de um minuto.

Rachel

O que sei é que estou pronta para partir. Não demorei muito para achar a sacola azul da Seagram onde a Vovó colocou aqueles mais ou menos dois mil dólares que ela conseguiu pela coleção de moedas. Está em uma caixa, na terceira gaveta de sua penteadeira, junto com uma pilha de cartas, amarradas com uma fita. Vovó pediu ao comerciante de moedas que pagasse em notas de vinte dólares, porque esse é o dinheiro que ela reconhece facilmente sem sua lente de aumento.

Eu conto mil e quinhentos dólares e coloco no bolso de minha jaqueta. É um monte de notas de vinte e faz um grande volume.

Já tenho tudo empacotado. E vou embora.

Coloco a sacola de volta na gaveta. As cartas parecem ter sido lidas incontáveis vezes. Pensar que pudessem ser do amante secreto de Vovó me fez quase gargalhar. Imagine: Vovó com um lagarto misterioso e suas fotos nuas.

Imagino como poderia ser o lagarto de Vovó. Olho para os envelopes, todos endereçados a ela, e vejo em todos o nome do meu pai no canto. Eu abro a que está em cima, a que está mais gasta. Leio:

Mamãe,

Se você souber que estou lá – no túmulo – não deixe Rachel saber. Não é justo com ela. Deixe-me ficar desaparecido. Só posso lhe contar suas histórias, as quais ela talvez não esteja pronta para ouvir.

Obrigado por ajudar minha filha a crescer forte. Na última foto escolar que você me mandou, ela parecia triste. Espero que não esteja tão triste quanto aqueles olhos dizem.

Rachel ainda gosta de ler? Dê a ela este livro. Nella me deu no ano em que Rachel nasceu.

Gostaria de estar aí para ajudá-la. Para ajudar Rachel. Você sabe que eu faria isso, se pudesse. Mas é melhor que eu fique longe.

Roger

Olho para todas as outras cartas na gaveta e não me importa o que dizem. Guardo a carta da Vovó de volta ao monte e recoloco a fita. Então, eu tiro o monte de dinheiro de meu bolso e coloco de volta na sacola.

– Vamos lá – digo enquanto pego no braço de Brick e fecho a porta da casa da Vovó atrás de mim.

Brick

Eles chegaram ao parque Oaks ao meio-dia e quinze. Estava lotado, era um dos mais belos sábados de agosto. Muito sol, brisa fresca, céu sem nuvens. Brick tinha o suficiente para duas entradas com direito a passe livre para os brinquedos, vinte e cinco ingressos para jogos, um cachorro-quente ou algodão-doce e duas bebidas pequenas. O dia inteiro seria por sua conta. Ele queria fazer tudo direito: abrir as portas para Rachel, dar-lhe o braço, perguntar a ela se precisava de alguma coisa. Como um cavalheiro.

Nas máquinas caça-níqueis, Rachel arriscava tudo. Em vez de trocar os bilhetes que ganhava, ela tentava melhorar. E tentou isso todas as vezes. Ela queria mais – não mais dinheiro, mas mais risco.

– Você está em uma maré de má sorte – Brick disse quando só restavam os últimos três bilhetes.

– Não acho. Posso sentir isso. Meu número está para chegar – ela falou, embora não estivesse jogando com números e, sim, dardos. Por duas vezes, ela jogou completamente fora do disco. Suas outras tentativas não chegaram nem perto dos círculos do meio.

O homem ao lado dela estava indo razoavelmente bem. Ela se virou para ele e disse:

– Olhe, pegue esses. Ganhe algo.

– Obrigado – ele falou.

Ele acertou em cheio com o primeiro dardo que usou com os bilhetes que Rachel lhe deu. Conseguiu de novo, a segunda e a terceira. Cada vez que ele acertava na mosca, olhava para Rachel e ela sorria. Na quinta, já havia uma multidão reunida em torno deles.

Rachel era a fã mais escandalosa do homem. Ninguém se manifestava mais alto do que ela.

Ele fez nove. Mais um e ganharia o grande prêmio, o enorme urso azul pendurado na parede. Na mosca! A multidão aplaudia.

– Aqui está – ele disse, estendendo o urso para Rachel. – Para você.

– Não, obrigada – ela disse. – É seu. Você ganhou. Parabéns.

Brick e Rachel foram embora.

Mas o homem os seguiu.

– Não, é seu – ele insistiu.

– Não quero.

– Pegue. Pegue. – Ele lançou o bicho de pelúcia em Rachel. Seu movimento foi tão súbito e o brinquedo era tão grande que quase a derrubou.

Brick agarrou o braço do homem e o torceu atrás das costas.

– Cai fora.

– Sua garota, ela é uma empata-foda – o homem gritou enquanto se afastava. – Você não pode deixá-la brincar com um homem desse jeito.

As bochechas de Rachel estavam vermelhas.

– Você está bem? – Brick perguntou.

– Não foi nada – ela respondeu. – Ele... ele não pode me ferir. – E, depois: – Vamos. Eu quero ir naquela montanha-russa.

– Parece que você está ficando doente – ele disse e colocou as costas de sua mão contra a testa dela. – Está queimando.

O dia inteiro ela passou assim, agitada, furiosamente impaciente, como se estivesse caindo e não pudesse parar.

– Estou bem – ela disse e pegou a mão dele, correndo na direção do Reino Assombrado.

Ele sabia que não deveria ir por onde ela queria. Mas foi. Ele a seguiu porque a seguiria por onde quer que fosse. Queria que ela estivesse a salvo.

– Venha, venha – ela disse. – É nosso primeiro passeio de gente adulta.

Enquanto eles esperavam na fila, Brick deixou escapar:

– Desculpe. Se causei problemas a você. E a Jesse.

Havia desamparo nos olhos dela. Não respondeu.

– Só queria ter certeza de que você estava bem. Aquela noite. Era importante para mim.

Algo mudou no rosto de Rachel, em seus olhos, a faísca azul havia quase se apagado.

– Estou indo embora hoje – ela disse. – Vou deixar a Vovó. Não conte. Por favor.

Ele deveria ter percebido. Queria fazer tantas perguntas: "Para onde você vai?", "Quando vai voltar?". As perguntas esperadas. Ele queria saber como poderia fazê-la ficar.

– Deixe-me ajudar – ele falou.

– Apenas não conte nada.

– Não vou contar – ele afirmou. – Geralmente, sou muito bom nisso de não falar.

À medida que o carrinho atravessava os espaços cavernosos da casa assombrada, múmias mecânicas com cintilantes olhos verdes lançavam-se na frente deles. As crianças, nas cabines à frente, gritavam todas as vezes. No final, uma que estava atrás deles começou a chorar. Nada surpreendia Rachel. Ela não estava com medo.

NÃO HAVIA fila na roda-gigante e Brick estendeu sua mão para ajudar Rachel a entrar na cabine. Quando ela ainda estava lutando para se equilibrar, ele a levantou como se fosse uma criança.

Brick subiu depois dela. Suas pernas se inclinaram para o lado dela.

– Desculpe – ele disse. – Eles não fazem isso do meu tamanho. – Brick queria ser um cavalheiro. Queria fazer com que ela sorrisse.

O operador empurrou a barra de segurança contra o colo deles. Um som e eles foram sendo levantados no ar lentamente.

– Estou me sentindo tonta – ela disse.

Era a primeira vez, naquele dia, em que ela admitia estar se sentindo mal. Seu rosto estava vermelho e ela continuou secando a fina camada de suor da testa com a mão.

– Segure minha mão, se quiser – Brick disse e estendeu-lhe mão. Ela a pegou, sem olhar para ele.

– Será que esta parte também gira? – Rachel perguntou.

– Acho que não, mas posso fazê-la balançar. – Brick se moveu para a frente e para trás, no assento, fazendo a cadeira se movimentar.

– Não, por favor, pare – ela disse e ele obedeceu. A mão dela ainda estava na dele.

Os últimos passageiros subiram a bordo. Houve o barulho da fixação de suas barras de segurança. Brick e Rachel estavam sentados duas cadeiras acima do solo.

A roda-gigante fez um ruído, indicando que a velocidade ia aumentar. E começou a girar. E girou tão rápido que Rachel foi lançada para a frente e para trás, no assento que era pequeno demais para Brick e grande demais para ela. Suas costas, depois seu estômago eram pressionados contra o espaldar e a barra. Ela largou a mão de Brick. Empurrou a barra. Mexeu na orelha.

– Acho que tenho de sair, agora. – Tentou ficar em pé.

– Relaxe. Não se preocupe. Está quase terminando.

– Não, é demais. Pressão demais. – Ela puxou a barra, para destravá-la. Pôs a mão sobre a orelha. – Meu ouvido. Dói. Dói.

– Acalme-se, tá? – Brick falou.

Ele tentou parar as agitadas mãos dela, tomando-as na sua. Colocou seu braço em torno dela. A mão dele segurava firme o ombro de Rachel.

– Tenho de me levantar; tenho de ficar em pé. – Ela agarrou sua orelha esquerda e fez uma concha. Continuou a empurrar a barra de segurança.

– Tudo bem, tudo bem. – Brick parou de lutar com ela. Em vez disso, empurrou tão forte como ela. Mais ainda. A barra fez um ruído e houve mais espaço para que ela se erguesse. Ela ficou com seus joelhos levemente flexionados e apoiados na lateral da cadeira.

– Obrigada – ela disse.

O operador acenava para que Rachel se sentasse.

A roda-gigante começou a diminuir a velocidade, ia parar. Rachel ainda estava levantada e, então, subitamente, tropeçou. Ela não ia cair de muito alto – sua cadeira era a próxima a ser desocupada – mas Brick a segurou. E não tinha importância o quanto a queda poderia ter sido grande. Só o que importava é que ela não aconteceu. Não desta vez.

Nos braços de Brick, Rachel olhou para ele com uma tristeza que não podia ser medida.

– Eu conheço você – ele disse. – Você sobreviveu.

Rachel

O homem dos pombos acena, quando abrimos a porta. Ele nos mostra onde está fazendo a nova gaiola. Robbie vai ajudar.

– Ppp-p-p-p-oooor favor – ele diz.

Está ventando no telhado. Robbie pergunta se podemos entrar para casa. Ele sabe que não podemos, ainda.

Mor balança Ariel em seus braços, e Robbie e eu sentamos bem perto. O cabelo de Mor está bagunçado, o vento o joga na direção de seu rosto, e está emaranhado também. Quando ela fala, a gente pode ver o espaço que ficou no lugar do dente que ela perdeu na briga com Doug. Este é o terceiro dia, nesta semana, que Mor nos traz aqui. Mas hoje ela nos conta histórias que nunca tínhamos ouvido antes.

Mor diz que há coisas das quais não pode nos proteger. E ela faz com que a gente fique em pé e ande perto da beirada.

Ela diz:

– Há perigos comuns, como o fogo.

Ela diz:

– Há outros, que eu não conheço.

Nós andamos perto da beirada. Mais perto do que nunca.

Ela diz:

– Vocês são meus lindos bebês.

Ela diz:

– Vocês são as coisas mais importantes do mundo.

Ela diz:

– Quero ser, sempre, a melhor mãe possível.

Ela diz:

– Desse jeito, nós sempre seremos uma família.

E eu acredito nela.

Andamos com passinhos curtos na direção da beirada. Mais perto. Mais perto.

A forma como as pessoas olham para nós. As coisas que as pessoas dizem.

Ela vai nos proteger dessas coisas também. Estamos mais perto ainda.

Nós caímos.

Robbie, Mor, Ariel. Depois eu.

Como uma família, nós caímos.

Rachel

Minhas mãos tremem enquanto conto a história a Brick. Não podia imaginar um momento em que eu não quisesse chorar.

– Eu vi seu irmão cair – Brick diz.

Seco meu rosto úmido com a mão dele.

– E seu irmão, Charles... – ele continua.

– O nome do meu irmão era Robbie – eu digo. – Foi ele que você viu.

– Seu irmão Charles – Brick falou. – Ele é o que você não conhece.

Brick me contou a história de Charles e do fogo no qual ele morreu. Durante todo esse tempo, eu nunca soube que Mor e Papai tiveram uma família antes. Então, aquilo fez algum sentido para mim. E talvez fosse até alívio. Nem o fogo, nem os segredos, nem o silêncio podem impedir uma família de ser lembrada. Desde que exista alguém que sobreviva para contar.

– O que sua mãe fez – Brick falou sem terminar a frase. – Você...

– A ama? – eu continuo. – Sim. E sei que ela me amou.

Minha mãe era minha mãe e ainda é. *Pas på*, ela diria. *Pas på*. E eu continuei a amá-la. Só houve uma vez. Aquele único dia em que ela não pôde me proteger, não do ferimento e não das palavras. Foi apenas um dia, mas acho que para Mor aquilo pareceu ser o Dia 1.

Rachel

O parque está quase vazio na fria tarde de outono. Fomos sentar à beira do lago, no parque Laurelhurst, no último dia de Brick na cidade. Amanhã ele volta para casa, em Chicago.

– Pegue isso. É um níquel do ano em que meu pai nasceu – eu digo, estendendo a moeda a ele.

– Vale um monte de dinheiro, não é? – ele pergunta. – Não posso. – Ele estende a mão, devolvendo-a.

– Não preciso disso para me lembrar dele – falo. – Pegue. Um presente de despedida. Vale quinhentos dólares. Venda e fique com o dinheiro. Eu tenho o que preciso.

– Obrigado – ele diz gentilmente.

Ficamos ali sentados por muito tempo. Apenas sentados, em silêncio. Brick lança a moeda no ar, distraído, de novo e de novo.

Um bando de patos e cisnes circula perto da beira da água para comer as migalhas de pão e bolo que uma mulher idosa joga ali perto.

– Espero que você consiga encontrar a sua mãe – digo.

Não tenho certeza se Brick me ouviu, porque ele leva um tempão para responder.

– Eu também – ele diz, finalmente.

– Não se preocupe. Você vai – eu falo. – Você me encontrou.

Brick coloca seu braço em torno de mim. Quando ele me olha, parece que ninguém realmente me olhou desde o acidente. Em seus olhos, eu não sou a nova garota. Eu não sou a cor da minha pele. Eu sou uma história. Uma com um passado e um futuro não escrito.

Brick lança a moeda no ar de novo, de novo e de novo.

– Você sabe para que serve isso? – ele pergunta, segurando o níquel em sua mão.

– Para quê?

– Desejos – ele fala. Então, ele fica em pé e joga a moeda no lago.

Quando a moeda cai na água, espanta os pássaros que estão se alimentando. Alguns fazem ruídos e nadam para longe. Outros levantam voo, inclusive um cisne de aparência estranha, que corre sobre a água.

– Veja – eu digo.

O cisne dá um passo. Três passos, quatro. Ele mergulha a cabeça e então suas asas começam a bater no ar. É difícil dizer: ele ainda está correndo ou agora está voando? Ele está na superfície da água e no ar, como se estivesse em dois mundos, ao mesmo tempo. O cisne abre suas asas de novo e de novo, três vezes, quatro e então decola. Nós olhamos seu voo. Para longe.

– Ei – Brick diz, finalmente – O que você desejou?

– Não posso lhe dizer – respondo. Mas penso, “se ao menos Robbie fosse um pássaro. Se ao menos tivéssemos sido uma família que pudesse voar”.

Agradecimentos

Obrigada a Barbara Kingsolver, minha heroína. Obrigada a Neltje e ao Jentel Artist Residency Program, onde encontrei minha voz, e obrigada a Mary Jane Edwards, e também a Lynn Reeves. Sou agradecida por ter passado um período no New York Mills Regional Cultural Center, no Hedgebrook, no Djerassi Resident Artists Program, na Ragdale Foundation e na Ucross Foundation, enquanto trabalhava neste romance. Pelo contínuo encorajamento a meu trabalho, agradeço à New York Foundation for the Arts, a Elizabeth George e à Elizabeth George Foundation, a Associated Writing Programs, ao Bronx Writers' Center, a American-Scandinavian Foundation, ao Lois Roth Endowment, a Lorian Hemingway, Leigh Haber, aos companheiros de Bread Loaf, Thomas Kennedy, Rowan Wilson, Helen Elaine Lee, Maurya Simon, George Hutchinson, Martyn Bone, Dorothy Allison, Maxine Clair, Whitney Otto e Michael Pettit por acreditarem no que eu pensava ser inacreditável. Obrigada a minha agente, Wendy Weil, por defender meu trabalho, e a minha editora, Kathy Pories, por me ajudar a encontrar a forma da história, e a meu revisor de texto, Bob Jones, que me ajudou a aperfeiçoar os detalhes. Obrigada aos grandes professores Beverly Belanger, Jeannette Swenson, Michele Stemler, Karla Hoffman, Jeff Ditzler, Carolyn Gratton, Sam Freedman, Vicki Shultz, Alan Isaacs, John Rickford, Bill Hilliard, Alex Knowles, Hettie Jones e Joan Silber. Pela visão e inspiração, obrigada a Honorée Fannone Jeffers. Obrigada a meus amigos pelo apoio e incentivo ao longo dos anos: Rayme Cornell, Fanshen Cox, Laurie Katz Braun, Marla Mervis, Victoria Platt Tilford, Michael Siebecker, Reg E. Cathey, Alicia Lowry, Adrienne Flagg, Brooke Campbell, Marty Hughley, Douglas Light, Murad Kalam, Jeffery R. Allen, Nova Ren Suma, e grande, grande agradecimento aos confiáveis leitores Kylie Sachs, Mary Thamann, Ryan Canty, Sandy Ray e Beena Ahmad. Obrigada a Rosemary, Loretta, Michael e Mark, e sempre, sempre, sempre a Darryl E. Wash – isso é para nós.

Este livro foi composto em Adobe Garamond Pro
para Texto Editores
em janeiro de 2012